Nanakura & Kurokawa
「マイフェア・ブライド」

「黒川さんって、ずっと『私』なんですか？」
目の下をほんのりと薄桃に染めた奈々蔵の視線が、見上げるように俺を見る。まだ缶ビール一本しか飲んでいないのに。
「正直言いましょう、普段は『俺』です」
（本文P.37より）

Chara

マイフェア・ブライド

火崎 勇

キャラ文庫

この作品はフィクションです。
実在の人物・団体・事件などにはいっさい関係ありません。

目次

口絵・本文イラスト／雁川せゆ

誰でも、人生の分岐点で道を選ぶ時には二つの理由がある。

『〜したい』と『〜しなければならない』の二つだ。

俺、黒川大樹《くろかわまさき》がホテル『アンジュ』に勤めた理由は、どちらかと言えば後者の方だった。

他人様に名を出して恥じることのない一流の大学を卒業して、軽井沢《かるいざわ》、東京、横浜《よこはま》と三つの自社直営型のチェーンを持つ豪華ホテル『アンジュ』に勤めた理由が『そうしなければならない』だったなんて、大概の人間は眉を顰《ひそ》めるだろう。

だが自分には、『アンジュ』であろうとどこであろうと、自分の身分が保証されるような一流の職場に勤めなければならない理由があったのだ。

理由は簡単、それは偏《ひとえ》に自分の性癖のせいだ。

もっと有り体に言えば俺がバイセクシャル、つまり恋愛の対象が男女の区別がない人間だからだ。

学生の頃ならばそんなもの別に大したことではないだろう。男と遊ぼうが女と遊ぼうが、特に目を引くこともない。他言しなければ攻撃を受けることもないはずだ。

けれど社会人になってしまうと、世間というものは他人の『結婚』にうるさくなる。そして今時はホモが市民権を得たと同時に周囲の目も敏感になった。

つまり、いつまでも結婚しない男は不能であるか、同性愛者ではないかと囁《ささや》かれてしまうのだ。

カミングアウトする勇気は持っているが、望まないトラブルは避けて通った方がいい。

だから勤めるならば、結婚しないことが不思議ではないほど忙しくて、男女どちらと一緒に歩いていても違和感がなく、誰かに怪しまれても『あんな立派なとこに勤めてる人がそんなはずはないな…』と思ってくれるような職場が必要だったのだ。

その点、ホテル『アンジュ』の仕事は条件にピッタリだった。

ホテルの業務というのは他人が思っているよりも不規則で、どこかで誰かと親しく話をしているところを見られても、『以前泊まってくれたお客様だよ』と言えば全て済んでしまう。

誰が見てもハンサムと言われる部類の男。しかも『綺麗系』ではなく、『カッコイイ系』の。背が高く、肩幅もあり、今時には珍しいほどの真っ黒な髪。黙っていると不機嫌に見えてしまうほど整った顔。

そのせいで他人からやっかまれることも多かった。

けれど俺のターゲットには同性も入っている。だから男女の区別なくサービス精神を振り撒《ま》いて、礼儀正しい青年と呼ばれるような生活態度をキープしていた。

全て、自分のきままなライフスタイルを守るために。

このまま職場では特に目立った出世なぞしなくてもいい。それなりに仕事をこなし、それなりに地位を上げて、プライベートを充実させよう。

入社六年目で宴会部の予約係チーフ。

日々結婚式やらパーティやらの応対をしながら、安穏《あんのん》とした生活を送る。

それが一ヵ月前までの俺の満足すべき日常であった。

だが今は少し違う。

人間目標ができると生活に張りが出ると言うけれど、それは本当なのだ。

仕事でも、恋でも、目指す高みがあれば心が弾む。

一ヵ月前、俺は突然上司に呼び出された。


「転属、ですか?」

月曜の朝、事務所に呼び出された俺は、宴会部の部長、宮本《みやもと》さんの言葉に口元を歪《ゆが》めた。

ホテルの制服に着替え、これから一週間また頑張って働こうという人間にとって、出端《ではな》を挫《くじ》くような話題が振られたからだ。

「いや、厳密に言うと少し違うな」

黒に金線の入った制服が似合うロマンスグレーの宮本部長は、デスクの向こう側で椅子《いす》に深く座り直すと、指先でくるくるっとボールペンを回した。

お客の前ではできない行儀の悪いクセだな。

「まあまず座りなさい。立ったままで話をするのも何だろう」

勧められてようやく俺も腰を下ろす。

広い空間ばかりを見続けるホテルの中にあって小さく感じる十二畳ほどの部長の部屋。

彼のための個室というよりも、顧客のファイルやら仕事の資料やらを溜め込んだ部屋に机を持ち込んだようなこの場所は、自分達部下にとっては酷《ひど》く居心地が悪い。

まるで悪さをして教師に教科室へ呼び出された生徒のような気分になるからだ。立ったままでいると、それは特に強く感じるから、椅子を勧められたことに少し安堵《あんど》した。

「黒川くんが優秀なホテルマンであることは重々承知している」

柔らかな声。

やはり教師が生徒を諭すような物言い。

してみると彼がここを自分の部屋にしたのは視覚的効果を狙ってのことかも知れないな。

「宴会部に入ってからずっと応対係をやっているが、人当たりもよく頭の回転も早い」

「お褒めいただき恐縮です」

「だからこそ、君にはもっと色んなことを学んで欲しいのだ」

「他の部署を回って？」

部長はまだ指先でペンを回しながら首を横に振った。

「部署ではない」

嫌な感じだ。

いつもは物腰の柔らかな紳士なのに、今はまるで舎監の先生のよう。

「黒川くんには『他社』へ行ってもらいたい」

「他社？　うちの支店ですか？」

「いいや」

「では、他所のホテルに？」

「ホテルではない」

「部長。はっきりおっしゃっていただく方が話は早いと思うのですが」

「うむ」

部長はペンをテーブルの上へ置き、こちらへ身体を向けた。

「近年、豪華ホテルの業績は微妙な立場になっている。長引く不況のせいで、以前のように大量の客が流れ込むということがなくなったからだ」

「わかっています。けれど宿泊客に関しては女性をターゲットにしたパック等も行って…」

「宿泊の方はな。ただウチは宴会部だ。パーティが入らなければいくら宿泊客が減らなくとも部署としては立ち行かない」

部長の言いたいことはわかっていた。

確かに、バブル崩壊後それまで主流を占めていた政治家のパーティや企業のレセプション等は激減したのだ。

ホテルによっては、代替案として葬式までをパーティとして受け入れている所も出ているくらいだ。

だがさすがに『アンジュ』ではそうはいかないらしい。部長が口にしたのはありきたりだが当然の話だった。

「そこで我が『アンジュ』としては、これまで以上にブライダル・プランに対して力を入れることとなった」

だろうな。

それしかないだろう。

「しかし、ブライダル・プランと言っても近年の若い人達はホテルのパッケージ・プランを利用する客は減りつつある」

「…のようですね。今時はパーティ・ウエディングとか言ってレストランを貸し切ってやるようなのが増えてますから」

「ほう、詳しいな」

「私が知っているほど一般的、ということです」

「なるほど。まあそれを知っているなら話が早い。君に行ってもらうのはそのパーティ・ウエディングを企画するブライダル・コーディネーターのところだ」

「は？　今何と」

「黒川くんにはブライダル・コーディネーターのところへ出向してもらいたいのだ」

「個人のところへですか？」

「そうだ。一応会社形式にはなっているところだが」

一応？

豪華が売り物のホテルチェーンのチーフが、『一応会社』の個人のところへ出向するというのか。

「それはつまり…左遷ということでしょうか」

そんなことをされる思い当たりはこれっぽっちもなかったが、そう思わざるを得ないだろう。

だが宮本さんは神妙な俺の顔を見るとにっこりと笑った。

「そう思われても仕方がないが、そうではないよ。先年、社長のお嬢様がご結婚なさったのは知っているね」

「はい」

ついでに言うなら婿入りして来た相手はサラブレッドで、大手アパレルメーカーの社長の息子だった。

「その結婚式がパーティ形式だったのだ、花嫁の知人がコーディネートした。現副社長である婿さんがそれをいたく気に入ってね。何とかうちのホテルに役立つようにできないかということなんだ」

「ホテルとパーティ・ウエディングですか。あまりピンと来ませんね」

「そう言うな。副社長は今までも形にしようと色々模索していたらしい。今回はそのための人材育成ということで、君に出向してもらいたい。言わば新部署立ち上げのための研修だな。左遷どころか、戻って来れば鳴り物入りで新しい部署のトップとして迎えられるだろう。ちょっとした出世コースだ」

その言葉に嘘はないだろう。

顔も見たことはないが、副社長はまだ若く入り婿。何とか社内での立場を確保しようとしている彼が、新規の部門を立ち上げるというのは確証のある話だ。

しかも、新しい事業はどうしたって失敗は許されないからそこへ抜擢《ばってき》されるということは責任は重大だが、バックアップも期待できる。

出世コースとは無縁でもいい、プライベートを充実させていればそれでいい。そう思っていた俺の中で男の野心ってヤツが小さく疼《うず》いた。

「私ごとき若輩者がそのように重大な任に就いてもよろしいんですか？」

一応礼儀として謙そんの言葉を口にする。

それが儀礼的なものであるとわかっているのだろう、部長は鼻先で笑った。職業柄とても上品に。

「こういうものはやっぱり若い人の感覚の方がいいからね。それに、私は黒川くんをちゃんと見てる。君が初対面の人間とも上手《うま》くやれるタイプの人間だとわかっているし、思いの外《ほか》世話焼きだということも知っている。君なら、きっと彼と上手くやれるだろう」

「彼？」

部長はデスクの引き出しを開けると、中から一冊の雑誌を取り出した。

「『奈々蔵一弥《なななくらかずや》』、新進のブライダル・コーディネーター、彼がこれから君の上司になる。弱冠二十六歳の青年だ」

付箋《ふせん》を貼ったページを開くと、華々しいブライダルのカラーページの端に小さな青年の写真がある。

小さ過ぎて顔はよくわからないが、ハンサムであることはわかった。

「二十六ということは私よりも二歳も年下ということですか」

「嫌な顔をするな」

「してませんよ」

「心の中でもだ。若くてもいいものを持っている人だって沢山いる。そして黒川くんはそういうものを吸収できるだけのものを持っている男だ」

「お言葉が上手い」

部長はその雑誌をすぐに閉じると、俺の方へ押して寄越《よこ》した。

「これは上げよう。少し読んで彼についての知識を入れるといい。彼のオフィスに行くのは明日からになる」

明日、ね。

俺が断ることは最初から考えていなかったという日程だ。

「わかりました。オフィスの住所は？」

「後でちゃんと地図の載っている名刺を上げよう。昼食の時にもう一度私のところへ来なさい」

会話の終わりを示すように、部長が傍らのファイルを開く。

視線も俺から外れたから、俺は渡された雑誌を手に立ち上がった。

「それでは、失礼いたします」

ホテルマンらしい一礼を送り部屋を出ようとした俺に、部長は顔も上げずに最後の一言をくれた。

「彼はいい青年だよ。君ならきっと彼と上手くやれる」

まるでその『奈々蔵』氏を知っているかのような口ぶりで。


ホテルのウエディング・プランというものは、大抵は人数と金額でもう既に幾つかのコースが決まっている。

会場の規模や料理のコースはこちらが用意したものの中からチョイスする。その上で客の要望に応じてオプションが付くのだ。

たとえば、ＢＧＭはこちらが用意したテープか、客の持ち込むものか、生バンドか。ドレスはホテルのレンタルか、持ち込みか。キャンドルサービスを行うか、花束贈呈をするか、ドライアイスをたくか等々…。

何《いず》れにしても、まずホテルが全てのアイデアを持っているものなのだ。

けれどブライダル・コーディネーターが扱う場合は反対と言ってよいだろう。

選択肢は無限。客のやりたいことがプランであり、それを実現させるのが仕事。

料理はフランス料理だけど、建物は和風がよくて、ドレスはヨーロッパ調なんてバラバラな注文でも、全てそれに応えられるようにする。

だからまず客のニーズに応えられるよう、全ての材料を揃《そろ》え、それによってプランごとに組み立ててゆく。会場の広さも、料理の質も、客の望みに合うものを会社が探すのだ。

簡単に言ってしまえば、ホテルのプランは画一的だが、ブライダル・コーディネーターが扱うものは個性的ってことだろう。

そして今、俺はそのブライダル・コーディネーター『奈々蔵一弥』の会社にいる。

『ビスケット』という可愛らしい名前の会社だ。

社員は社長の奈々蔵を含めて五人、後はバイトや外注。資本金どころか人数でも『アンジュ』の百分の一以下だろう。

正直、最初はこんな小さな会社に来る必要があるのかと訝《いぶか》ったものだ。

バカにしているわけじゃない。どんなものであれ、個人が事業を興し、継続させるにはそれなりの才覚が必要なことは知っている。けれど、小規模な事業で成功しても、それが大企業に適合できるかどうかは別なのだ。

だが今は違う。

「黒川さん、打ち合わせに行くから一緒に行きましょう」

俺を呼ぶ社長、奈々蔵から学ぶべきものがあるとわかっている。

「今日はどちらへ？」

「新しいドレス屋。女性のオーナーだから俺と黒川さんが行けばバッチリ」

「会社を経営する人は女性であってもそんなに甘いものじゃないですよ」

「わかってるって。でもやっぱりハンサムが行くのとそうでない人が行くのとじゃ違うでしょ」

「まあ、そうかもしれませんね」

仕事の野望の他に、ここへ来てもう一つ俺が得た目標。

それがこの奈々蔵だった。

社長と言われても誰も信じてくれないであろうラフなスタイル。今も頭に帽子のようにバンダナを巻き、デザイン物のジーンズの上下に身を包んだ姿はミュージシャンのようだ。

くりっとした目がひどく印象的で、白い肌に色を抜いた明るい髪がよく映えるこの青年が、今の自分の恋の相手。

と言ってもまだ片思いなのだが…。

「ドレス屋と言うと、どこかのブランドメーカーですか?」

「まさか。そんな高いとこは行かないよ。今日行くのはアメリカンスタイルのドレスを個人輸入してる店」

「そんな小さなところに商業価値が?」

「相変わらず考え方がホテルマンだね、黒川さん。今時の人間は何事も経済的に考えるもんさ。二度と着ない豪華なウエディングドレスのレンタルに大枚はたくより、また後で着られるようなドレスの方がいいって女性が一杯いるの。さ、車出して」

弟のように甘えて来る奈々蔵は自分よりも二つ下。

学生時代、単身留学したアメリカでモデルのバイトをやっていた彼は、日本に戻ってからもそのツテで幾つかモデルとしての仕事をしていた。

ところがふとした切っ掛けで(この『ふとした切っ掛け』が何であるかというのは知らなかったが)友人達の結婚式をコーディネートするようになり、二年前にそれを職業とした。

依頼人はモデル時代の友人を含め芸能関係者が多い。一流ではないのだろうが、それでも名

前の通った人間を何人かはやっていた。

世間一般的な有名人と言うほどではないが、業界では注目株と言ったところだろう。

ベンチャービジネスが流行だとはいえ、まだ二十六の若さで、いや、会社を作った時は二十四か。その二十四の時に一体どうやって資金を調達したのやら。

彼が、可愛いだけの青年ならこんなに気持ちを傾けなかっただろう。

確かに好みの顔だけれど、せいぜいコナをかけてみて、脈が無かったら諦《あきら》めて次を探した。

こんなに行儀よく彼に気に入られるように努力をしているのは、偏に奈々蔵が本当の意味でいい男だと思うからだ。

彼は若くして社長になったのに、何の気負いもなかった。むしろこの地位を何時《いつ》捨ててもいいとさえ思っている節がある。

と言って仕事がおろそかなわけではない。熱心で、アクティブなのだが固執がないということなのだろう。

そして頭の回転も早い。

なのに気取りも偉ぶるところもなく、素直で明るい。

今時、こんな好青年が残っているものかと驚くほど。

まだ今は自分は外来者で、お客さんでしかないから、見せてくれない面もあるのかも知れない。人間そんなにいいトコばかりとは限らないのだから。

けれど見えない面も見てみたいと思うほど、俺は彼に興味と好意を抱いたのだ。

「今、『アンジュ』のレンタルドレスって幾らくらいなんですか?」

カーナビを見ながらハンドルを切る俺の横で、ペットボトルのお茶に口を付けながら奈々蔵は聞いた。

こういうところは本当にどっかのガキみたいな態度だ。

「上下幅はありますが十万切るものから三十万くらいですね」

「それ、一回の使用料でしょう? 衣装替えすると大体打ち掛けに白ドレスに色ドレスで最低三十万前後は覚悟しなきゃならない」

「だが、ウエディングドレスは派手ですからね、買うと軽く五十万は越えるのに使えるのは一度。どんなに丁寧にとっておいても娘の結婚式に譲る頃には黄ばんでます」

「インフィニティパックっていうのもあるよ。ウチでも始めたけど」

「インフィニティパック?」

「アルミフィルムや高感度フィルムに窒素ガスで圧縮パックするの。他にも真空パックもあるし。作り直しって手もある。ベビードレスやイブニング、人形の服に作り変えたりする。もっとも、どれもあんまり現実的じゃないけどね」

「金銭的に余裕があってもレンタルにする人が多いのはそのせいでしょう」

「でももしそれが十万前後で買えたら？　しかもウエディングドレスってほど派手派手しいデザインじゃないもので」

「ワンピースみたいにですか？」

一生に一度の結婚式にそれはどうか、という顔をすると奈々蔵は笑った。

「普通のだったらね。でもこれから行く店はアメリカからの輸入品ってことで、安いしデザインも洒落《しゃれ》てるんだ。しかも個人店舗、ここが売り」

嬉《うれ》しそうな顔だ。

「一生に一回の結婚式に着たドレスを何度も着ては思い出すってのは、いいことだろ？」

あとは現場に着いてからのお楽しみ、といったふうに口を閉ざす。

鼻歌をうたいながら、窓の外を流れる景色を見て、自分の考えに浸っているようだ。

レンタルドレスは結婚式のメインと言ってもいい。結婚式のイニシアチブをとっているのが女性であることからわかるように、彼女達にとって、結婚式をする一番の理由は普段は着ないような綺麗なドレスを着たいということだろう。

そのためにみな式が決まると、せっせとエステに通うのだ。より美しくドレスを着るために。

そのメインのドレスをワンピースみたいな普段の服に近いものにして価格を下げたとしても、

客が喜ぶのだろうか。

だが俺は何も言わなかった。

奈々蔵を信用しているからだ。

『ビスケット』に来て驚いたことが幾つかある。

一つは社長の奈々蔵が若くてハンサムだったこと。

二つ目は、そんな若造が立ち上げたというのに、女性の憧れの街の白いお洒落なビルに店を構えていること。

そして何より驚いたのは、それなりに名前が通っていた会社なのに、その殆《ほとん》どが外注だったことだ。

『ビスケット』の社員が少ないのも頷《うなず》ける。社員はただ、客の応対のためにいるのだ。

ホテルでは自社でキープしなければならない、会場、ドレス、引き出物、食事、その他諸々《もろもろ》のものを、『ビスケット』はそれぞれの分野のプロに委託している。

会場はレストランや教会、パーティルーム、ドレスはドレスメーカーからのレンタル、ブーケは花屋、メイクアップはモデル時代に知り合ったというプロのメイキャップアーティストにアルバイトを頼み、引き出物も客のニーズに合わせてその都度各ショップと交渉している。

これによって、会社としては在庫品を置くスペースや、人を常時キープするための人件費を削ることができる。

この方式の幾つかはホテルでも取り入れることができるだろう。

「あ、そこの路地で停めて。店の前は駐車禁止だから」

そんなふうに上手くやっている奈々蔵が進めることだから、今回の仕事も何かいい案が付いているに違いない。

言われた通り車を一軒の店の横の路地に入れてエンジンを切る。

店は住宅地の中にあるこぢんまりとしたものだったが、ガラスの嵌《は》まった木のドアに手作りの看板という、ちょっと女性好きのしそうな雰囲気だった。

「いい感じですね」

「まあね。実際ドレスを選ぶ時はカタログよりここへ直接連れて来ちゃった方がいいかもね」

「購買意欲をそそるでしょうね。女性は雰囲気に弱いから」

ドアを開けると可愛い音のカウベルが迎える。

すぐに現れた店主は綺麗にした妙齢のご婦人だった。

「コンニチハ、猪俣《いのまた》さん」

奈々蔵の声に笑顔を見せた女性がふっくらとした身体を揺らしてこちらへ歩み寄る。

「あら、いらっしゃい奈々蔵さん」

話し合いは既にあらかた済んでいるのだろう、彼女は慣れた様子で俺達に椅子を勧めた。

「今日は事務方のカッコイイ人を連れて来ました。俺より好みでしょう」

「そうねぇ、ハンサムだけどあなたと一緒で『ビスケット』さんには似合わないいんじゃない？」

「え、どうしてですか」

「だって、花婿よりハンサムじゃクライアントが怒るでしょう」

けらけらと笑う声も明るいがどっしりとした感じがある。

店も昨日今日作られたものではない印象だったが、彼女も商売に手を染めてから長いのだろう。

「そりゃそうだ。じゃあ黒川さんは奥に引っ込めとかなきゃ」

いくら女性であっても、相手が自分よりも年上だというのに彼は全く臆するところがなかった。いつも通りの軽口でにこにこと笑っている。

こういうのも自分が気に入っているところだ。

「昨日、新しいドレスが来たのよ、見てみます？」

「あ、是非。黒川さん、こっち」

案内されてついてゆくと、レジ奥の小さなドアの向こうには物置のような部屋があった。

そこにあったのはダンボールの山。

「これは…」

輸入品とは聞いていた。だが、そこにある箱の半数には『USED』と記してある。つまり、古着だったのだ。

「ウエディングドレスの古着ですか?」

俺の言葉に振り向いたのは女性の方だった。

「そうよ。これなら働く女性のお給料の中で買える値段になるの」

近寄って見てみると、既に付けられている値札は皆破格の安さだ。中には五万以下のものもある。

「しかし、結婚式に古着というのは…」

「何言ってるの、黒川さん。ホテルのレンタルドレスだって言うなれば古着じゃん」

奈々蔵の言葉は正しい、だが…。

「アメリカを通してるけど、中にはヨーロッパ製のものもあるんだぜ。デザインはそこらの安いレンタルドレスよりぐっとカッコイイ。派手なドレスを望む人にはこのユーズドのドレスを、シンプルでもいいから新品がいい人にはこっち」

彼が持ち上げて見せたのは、ドレスではあるが決して華美なものではなく、パーティドレス

として使用できそうな可愛いものだ。確かにこれなら後で染め直しもしないで使い回すこともできるだろう。

「基本的に古着はレンタルで、新品は買い上げでチョイスしてもらう。でも、元々ここのドレスは売り物だから、着てみてやっぱり欲しくなったら買い上げてもいいんだ」

「レンタル料金は？」

「売値と一緒、クリーニングの料金は別に貰って、半分はここに、半分はウチ。だから同じ金額なら買うって人も増えるだろう。販売の場合は後で一着につき一割のマージン。それでいいですよね、猪俣さん」

「ええ、もちろんよ」

逞《たくま》しい。

発想が斬新《ざんしん》で、そして計算高い。

「『アンジュ』だとユーズドってわけにはいかないだろうけど、売れるドレスを用意するってのはイケるんじゃない？」

どう？　と得意げな顔をする奈々蔵に苦笑しながら、俺は頷いた。

「そうですね、こんなにカジュアルなものではなく、安価で買い入れができるブランドを探してみる価値はあるでしょうね」

自分は、決して頭の悪い方ではない。けれどその俺に『ほう』と思わせる奈々蔵のアイデアは、彼の持っている才能として俺を魅了する。

「でも今日は『ビスケット』のために交渉しましょうか」

こうして、俺はもう一ヵ月もの間、毎日彼を好きになってゆくのだ。

「契約は検品してからにしますか、それともすぐに？」

「検品ってワケじゃないけど、ドレス見せてもらうよ。いいのはとって置いてもらいたいから」

いつこの気持ちを彼に伝えようかと思いながら。

もしも彼が会社がかりで出会った人間ではなかったら、俺はきっとすぐにモーションをかけただろう。

肩を抱き、その耳元で囁いただろう。

それをしないのは俺が奥手だからではない。

単なる相手なら星の数ほど、恋人と呼んだ人間も片手では足りないほどいた。人の扱いにも長《た》けている。

だがどうしても最後の一歩が踏み出せないのは、彼がノーマルだということだけではなく、自分がここに仕事で来ているという意識だ。

彼に好きだと言うのは簡単だが、その返事がすぐに『俺も』で返ってくるワケがない。よくて『真剣に考えてみます』、悪いと『何言ってるんです』と怒られたり気味悪がられたりするだろう。

普通に知り合った相手なら嫌われてもそこを振り向かせるプロセスを楽しむことができるが、仕事ではそれを上司に報告されたりホテルへ突っ返されたりしてしまう。

仕事として遠ざけられれば簡単に会うことはできないし、自分もまだ職を失ってもいいほど彼に惚《ほ》れ込んでいるというわけではない。

だから、いらないトラブルを避けたいと思う俺としては、せめて彼がそこまで自分に嫌悪感を抱くことがないだろうと安心できるまでは猫を被《かぶ》り続けていたいのだ。

そしてもう一つ、俺が行儀よくしている理由がある。

それは、奈々蔵の方から俺に懐いて来ているということだ。

相手の方から来てくれるなら、危険を冒すのはもっと先延ばしにしてもいい。急《せ》いてはことを仕損じる、だ。

「黒川さん」

客が会社帰りに来ることが多いから午後の八時を回る仕事終わり。

最近の通例になった奈々蔵の誘いの声が降る。

「何です？」

五階建てのビルの一階と二階を借りてはいるが、さして広いフロアではないから接客は一階、二階は事務所として使っている。

俺はその二階で机を一つもらっていた。

「ご飯食べに行きましょうよ。腹減った」

椅子に座ってワープロを叩《たた》く俺の背中にかかる重み。子供が甘えるみたいに身体を預けて来る奈々蔵の重みだ。

「いいですよ。何がいいですか？」

「んーと、米だったら何でも。何だったら俺のとこ来ます？」

「奈々蔵さんのところですか？」

「うん、近いんだ、俺のマンション。よかったらどうです？」

俺に尻尾があれば大きく振ったと、牙《きば》があれば怪しく光っただろう。

けれどそんな真実の姿を映すものなどありはしないから、落ち着いた様子で腕時計を見、軽く頷いた。

「いいですよ。どうせ私も戻っても一人ですしね。部屋で食べる食事には郷愁があります。で、料理はどっちが作るんです？」

「黒川さん料理作れるんですか？」

「大学時代から自炊ですから一応は。奈々蔵さんは？」

「俺は高校の時に親が死んでからずっと、十年だから年季入ってるよ」

何げない言葉の端々から調べ上げる奈々蔵の身上。

「アメリカへ行ってらした時も自炊ですか？」

留学は苦学生だったとか、酒は弱いとか、香辛料は好きだけど弱いとか。

「そう。でもあの頃は毎日バーガーだったかな」

だがまだわからないことも多い。

「身体に悪いですよ」

「だから今はちゃんと作ってますよ。今夜はおでんでもどうです、楽だから」

「おでんじゃあまり身体にいいとは言えませんね」

「暑いときに食べる熱い鍋っていいでしょう」

「はいはい、この書類の清書が終わったら行きますから、準備なさっててください」

ふっと軽くなる背中が少し寂しい。だが、初めて彼の部屋に招待されたことを思えばやはりここはあっさり手放すべきだろう。

手順書の清書を終え、ワープロの電源を落とす。

カバンを持って残業するというもう一人の社員に挨拶《あいさつ》をして駐車場へ行くと、既に奈々蔵は俺の車の前で待っていた。

彼も車は持っているのだが、俺が来てからはすっかり俺を足にしている。それもまた俺としては望むべき状態なので文句はない。

「お待たせしました」

と言って車のドアを開けてやると、彼は片手を上げてすいませんと言うように頭を下げた。

「じゃ、まずは買い物から」

するりとシートに滑り込みベルトを締めて足を伸ばす彼を、運転席に座ってサイドブレーキを下ろしながらチラリと見る。

端正な横顔だと思う。

どちらかと言えば女性的な顔立ちなのだが、するどい顎《あご》と上がった眉が男としての表情を作っている。

そうか、手が出せない理由がもう一つあったな。

自分もそうだが、整った顔というのは黙っていると冷たい印象を与えるのだが、彼はいつでも笑っている。だからいつ見ても、子供みたいだと思ってしまう。

くったくのない笑顔を向けられてはそっと手を忍ばせるというわけにもいくまい。

「黒川さんって、ちくわとちくわぶとどっちが好きです？」

「ちくわぶ、かな」

「あ、俺と一緒」

大人で男なのは簡単に乗り越えて恋をするクセに、子供だと思うと過保護に扱うのもおかしいものだと心の中で自嘲《じちょう》する。

「ついでにビールも買いますか？」

「賛成」

それでも、やっぱりこの幼くはしゃぐ青年を好きになる気持ちは止められないのだと思いながら。

セーブはするけれど、それは何が何でも我慢するというものではない。

チャンスがあればそれはそれでちゃんと利用するつもりはあった。

だから、マンションの近くのスーパーで買い物をして、彼の2DKのマンションへ招き入れられた時、『二人っきりの空間』というシチュエーションに悪い虫がちょっと騒ぎだしたのは事実だった。

清潔ではあるけれど雑多に物の多い部屋。全体をアジアンテイストで作っていて、アンティーク調の階段箪笥《だんす》やシュロか何かの編み上げの駕籠《かご》をラックにしたりと雰囲気がある。

ちゃぶ台と呼びたくなるような木の丸テーブルの回りだけがゆったりとしたスペースになっていたから、自然俺はそこへ座った。

「汚くて驚いたでしょう」

と言うけれど、とんでもない。

物が多くても汚いと見せないのは感覚がいるものだ。

こんなにまとまって見えるというのは彼の感性がいいということだろう。

自炊歴が長いと言うだけあって、カセットコンロをちゃぶ台の上に出して、クーラーをきかせながら食べるおでんは美味《おい》しかった。

一緒に買って来たビールを出して、冷えていないグラスに注ぐ。

「お酒、弱いんじゃなかったんですか？」

俺が出向してすぐに開いてもらった歓迎の宴でそう言ったのを覚えていた。

「ええまあ、でもちょっとくらいならね。飲むのは好きなんです」

足を伸ばし、身体を腕で支えながら頬《ほほ》を赤くする奈々蔵に、ひょっとして彼も自分に気があるのでは、と思ったほどだ。

だから悪い虫が疼く。

「会社の人はよくここにいらっしゃるんですか？」

との俺の問いに、彼は首を横に振ったから、余計に。

「受付の町《ま》っちゃんと典《のり》ちゃんは女の子だから家には呼べないし、石川《いしかわ》くんは新婚なんで付き合い悪いから」

「でも、事務の若林《わかばやし》さんは？」

「若林さんかぁ。あの人、俺の父親より年上だからなぁ」

「まさか私が初めてですか、ここへ呼んだのは」

「いや、モデル時代の友人とかは安酒持って今も集まりますよ」

何だ、考え過ぎか。

けれどこの雰囲気は悪くない。

少なくとも自分のテリトリーへ呼び入れられるくらいは俺に気を許してるってことだろう。

「黒川さんって、ずっと『私』なんですか?」

目の下をほんのりと薄桃に染めた奈々蔵の視線が、見上げるように俺を見る。まだ缶ビール一本しか飲んでいないのに。

「正直言いましょう、普段は『俺』です」

その酔った色気がいい。

「あはは…、やっぱり」

ケラケラと笑う顔がいい。

「俺ね、絶対黒川さんって怒ると慇懃《いんぎん》無礼なタイプだと思うんだ」

くだけた様子で落とす肩も、指先だけでぶら下げるようにグラスを持つ仕草もいい。

「慇懃無礼ですか?」

「そう、すげー丁寧な態度で厭味《いやみ》を言うってヤツね。頭よくてポーズが上手い人なんだろうなって思ってた」

「さあ、どうでしょう」

「あ、ほら。そのいかにも余裕って顔で微笑《ほほえ》むとこが仮面っぽくてヤな感じ」

「嫌いですか?」

「嫌いじゃないけど、そういうのって辛《つら》くないのかな、と思って」

そしてこんなふうに子供のような感想を漏《も》らすところがいい。

「ホテルって堅っ苦しいとこじゃん。きっとウチへ来たのだって上司の命令で来たんだろ？　だからミスしないようにって頑張って仮面付けてるみたいでさ、息苦しくならないかと思って」

「それで慰めるために私を誘った、と」

「ってワケでもないんだけど…。余計なお世話？」

何て可愛い人なんだか。

俺が仕事上で『私』と自分を使いわけるのは、ただその方が楽だからだ。別に自分を作っているわけでも息苦しさを感じるわけでもない。

プライベートを楽しむためには仕事には仕事の顔があった方がいいと思ってのこと。

なのに彼は違いには気づくけれど、真意には気づけない。

「まあ、仕事なんていうのはどこでだって上司の命令で動くものですし、『ビスケット』での仕事は楽しいです」

了簡《りょうけん》の狭いヤツなら『余計なお世話』と怒るかも知れないが、俺にはその気遣いが優しくて心地よい。

「『私』と言うのは、まあクセですね。虚勢を張って取り繕う人間もいるようですが、私は違います。これで自然なんですよ。ただ仕事とプライベートを分けるための線のようなものです。…と言うのは表向きで、本当は悪い人だってボロが出ないようにしてるんです」

「黒川さんが『悪い人』ですか？」

「ええ、実は凄《すご》く」

「ウチの乗っ取りを企むとか、横領を企《たくら》むとか？」

「残念ながら金に興味はありません。自分が暮らしてゆくのに不自由がない程度稼げればそれでいい。人間分相応以上の金を持つのはいいことじゃないと思うタイプなもので」

「じゃ、どんな悪い人なんです？」

俺はまだ手付かずのビールを新しく開けると、それをグラスに注がずに直接口を付けた。

「どうでしょう。その内わかる時が来ると思いますよ、俺がどんな『悪』を持ってるか、それまでのお楽しみってことにしておきましょう」

「怖いなぁ」

彼はふっと視線を和らげて続けた。

「でもそれが自然なもので、苦になっていないなら、俺は黒川さんのこと好きになってもいいな」

それがどんな意味を含んでいるのかはわからないが、悪くないセリフだ。

「じゃあ、今度は私の方から質問してもいいですか?」

「今のは俺の質問なんですか?」

「『黒川さんって、ずっと『私』なんですか』って聞いたでしょう。私はそれに正直に答えましたよ」

感情の出る顔。

言いくるめられた子供みたいにむむっ、と眉根に皺《しわ》が寄る。

「…じゃ、どうぞ」

「そんなに構えることはありませんよ。どうして『ビスケット』を始めたのかと思っただけです。アメリカでモデルをやっていたならそのままでいた方がよかったのでは?」

本当は『ホモセクシャルってどう思う』と聞きたいところだが、それはまたいつかもっと彼が酔った時のことにしよう。

「モデルは大したことなかったんです。ただあっちでバイトを探している時に声を掛けられて。向こうじゃ背の高い東洋人少ないから重宝がられたけど、仕事として一生やってくには俺には華がなかったんです。『ビスケット』は…」

彼は何故《なぜ》かそこでふっと、視線を宙に浮かせた。

「実は仕事として立ち上げる前に一回人に頼まれて、それがきっかけかな」

「人？」

「…友人です」

それもまた笑顔での答えだったのだが、今まで見せたのとは全く違う顔だった。

今までの笑顔は全て『子供のような』という形容詞を付けて表すのが一番相応《ふさわ》しかったのだが、今のだけは、年相応な寂しそうな顔だった。

「その時に参列してた人に自分のもやって欲しいって頼まれてね、それから何となく。一応俺が社長ではあるんですけど、取引先に対して個人より会社の方が信用されやすいからそうしてるだけなんですよ。ただ人が幸せになることに手を貸す仕事なんていいじゃないですか。資金もみんなの持ちよりみたいなもんだし」

それは嘘だな。

外側から見ているだけだったらその言葉を信じたかも知れないが、彼が相手にしている人間達は何れも個人事業者が殆どだ。

先日行ったドレスの店にしても、出入りのアーティストや花屋にしても、あのビルを二フロアも借りられるほど潤沢な資金を提供できるメンバーではない。

だが、一瞬見せた寂しげな表情をすぐに隠してしまったのと同じように、彼はそのことについても隠しておきたいのだろう。

「私はまたパトロンでもいるのかと思っちゃいましたよ」

冗談めかして言った俺の言葉に、彼は肩を竦《すく》めてみせた。

「パトロンなんて、欲しくないですよ」

『いない』と言わなかったことがまた俺の想像力を刺激する。どうやら奈々蔵は、可愛い、頭がいいというだけの青年ではないようだ。

「それより、黒川さん車なんだし泊まってくでしょう？　ベッド一つしかないんで、今布団《ふとん》敷きますよ」

「いや、車を置かせておいていただけるなら、今日はこのまま帰りますよ」

「帰るんですか？」

「ええ、明日も仕事がありますから、スーツを着替えないと。ここには私に合うサイズの替えのスーツがあるとも思えませんし」

「そうですか…」

「でも、もう少しは飲ませていただきますけどね」

誰かが誰かに惹《ひ》かれるというのは、相手に対して興味が湧くことだと思う。

相手が何を考えているか、何をして来たか、何をしているか。そういうことに引っ掛かるようになって、惹かれてゆくのだ。

奈々蔵は面白い。

次々に色んな面を見せては俺の興味をそそる。

「どうです、奈々蔵さんももう一杯」

「あ、じゃあ戴きます」

その全ての面が見えた時、俺は彼に惚れ込んでしまうのか、ガッカリさせられるのか、今はまだそれを楽しむことにしよう。

知りたいと思う部分が、まだ多く残っているから。

答えを出すにはまだ早いから。


恋に浮かれてばかりいられる毎日だったら、人生はもう少し楽しいかも知れない。

それともバランスというヤツで、そうではないから恋愛を楽しむことができるのかも知れない。

どっちにしろ、金を稼いで生活をしなければならない以上仕事をしなければならないのだから比べることはできないだろう。

奈々蔵の外見に惚れて、くったくのない笑顔に惚れて、子供のような純真さに惚れて。頭の良さに驚き、仕事ぶりに感心し、謎《なぞ》な部分に興味を持った。

けれどそれを深く掘り下げて『奈々蔵』という男を堪能する前に、自分にはやることがあるのだ。

もちろん、それは仕事。

仕事をしていれば自然に彼の様々な面を見ることにもなるのだから、それもまた悪いことではないのだが、結婚式の当日となるとそんな余裕はなくなってしまう。

ホテルにいた時には、所詮受付だから当日に忙しいということはないのだが、ウエディング・コーディネーターの腕の見せどころは当日。

しかもホテルではそれぞれの部署にエキスパートがいるから安心していられるのだが、パーティ・ウエディングの場合は違う。

レストランはサービスのプロ、コックは料理のプロ、メイキャップアーティストはメイクのプロであることに変わりはないのだが、式の段取りというものに関しては全員が素人だ。

事あるごとに各部署から伝令が飛んで来ては『この後どうすれば』と聞いて来る。

奈々蔵はタフなのか、その全てに現場まで飛んで行って応えていた。

「今日は荒れるかも…」

日曜日、都内の一流レストランを貸し切った豪華な式を前に、奈々蔵はポツッと呟《つぶや》いた。

「どうしてです?」

準備は既に万端で、あと一時間もしないうちに花嫁花婿がやって来る。

「見合いなんだよね。しかも付き合って三ヵ月で結婚が決まった」

「よくあることでしょう」

「で、花嫁は大学卒業したばっかり」

「それで?」

「打ち合わせの時もどっちかって言うと男性のが乗り気だったんだ。嫌な予感がする」

レストランは広い庭を持つ店内の、オープンカフェのようになっている中庭で行われることになっていた。

緑の濃い庭には白いテーブルクロスのかかったテーブルがセッティングされ、幾つものフラワーポールが彩りを添え、ひな壇もピンクのバラと白いリボンで飾られた美しいスペースになっている。

天気は晴天、風は微風で心配していた暑さもそれでしのげそうだし、式典としては不備は何もない。

だが、現場では自分よりもキャリアがある奈々蔵が言うのだから、単なる不安では片付けられないのだろう。

何となく嫌な感じを受けたまま玄関先のクローク前のベンチへ腰を下ろすと、同じように一行を迎えるために現れた若林さんが隣へ座った。両家の御両親受けをよくするために、年配の若林さんと接客を心得た自分がその役を仰せつかったのだ。

スーツの似合う若林氏は頭に白いものも混じる初老の紳士。感覚でわかるのだが、恐らくこの人も同じような業界を経て来た人だろう。

彼は腕の時計で時刻を確認すると、俺を見た。

「奈々蔵さんはどちらへ？」

「さっきウエディングフラワーの方に呼ばれて奥へ行きましたよ。持ち帰り用のラッピングの時間の打ち合わせだとかで」

「そうですか」

「奈々蔵さんが、今日の式を心配してたの、聞きましたか？」

細面の彼の顔がふっと曇る。

「奈々蔵さんがですか？」

「ええ、もしかしたら一波乱あるかもと言ってました。見合いだし、結婚を決めたのが早過ぎるとかで」

「そうですか…。では注意しておかなくては」

もうそろそろ花嫁達が現れるのでなければタバコでも一服つけたい気分だが、出迎えの人間がタバコの臭いをプンプンさせるわけにもいかないから、手持ち無沙汰で座っているしかない。

車の音がするまでの短い時間なのだが、待つというのは長いものなのだ。

「黒川さん、結婚式の準備ってどれだけあるかわかりますか?」

「期間ですか?　それとも事務ですか?」

「事務って言い方は好きではありませんが、『やること』ですね。ホテルなどのパッケージウエディングの場合はその殆どが『決める』ことだけです。書類を書いたり、名簿を作ったり。ですが、こういった手作りのお式は同じ『決める』ことでも『選ぶ』というものも入って来ます」

「わかります。会場を決め、ドレスを決め、料理を決め、引き出物を決める」

「ええ、それに招待客のリストを作り、席順を決め、招待状を作って送る。細かいことまで言えば、スピーチを誰に頼むとかプログラムを組み立てたりとか、雑事は幾らでもあります」

若林さんは俺を見てふっと息を吐いた。

「長く交際していた恋人同士でも、その間にケンカをするのは珍しいことではありません。ましてやお見合いで、よく知り合ってもいないうちに結婚を決めた方が準備期間の間に相手を嫌ってしまうことだってあるでしょう」

若林さんの言いたいことはよくわかっていた。

「来ますかね」

「両家とも御自宅からですから、来るのは来るでしょう」

「では、逃げると？」

「わかりません。今は不吉なことですから口にはしない方がいいでしょう」

自分のいたホテルでも、花嫁が騒ぎだして慌てたことがあった。

マリッジブルーというやつだ。

何もかもが順調に行っても、順調だからこそ不安になる。逃げ場のない閉塞感《へいそく》に襲われてヒステリーを起こしてしまうのだ。

「奥に、内緒で一部屋作るように言って来ましょう」

「いや。奈々蔵さんがそうおっしゃったのなら御自分で作ってらっしゃるでしょう。ただ今日は花嫁、花婿ともに注意しておいた方がいいですね」

「それと来賓ですね。招かざる客が来ないように」

目配せをして頷き合う。

まるでそれが合図でもあったかのように、外から車の音が聞こえた。

「どちらかいらしたようですね。ではご挨拶にでましょうか」

華やかで美しい華燭《かしょく》の典の裏側。

笑顔でドアを開ける俺達の心の中にそんな疑惑のあることなど誰も知らない。そして知られてはいけない。

「本日はおめでとうございます」

だが、緊張したように青ざめた花嫁が車から降りて来るのを見た時、俺も若林さんも確信してしまった。

今日の要注意人物はどうやら花嫁の方だ、と。


祝福され家庭を作るということに、何をそんなに脅えるのかわからないが、人は決断を迫られると不安になるものらしい。

大学入学や就職の時も、決定した後で『本当に自分はここへ入っていいんだろうか』と思うことがある。

結婚もそうなのだろう、『この人が本当に自分の結婚相手なんだろうか』という声が、心のどこかで囁《ささや》くのだ。

不安で、不安で、それでも誰にも相談できないままでいると、ある時プッツリと切れてしまう者がいる。

「いた?」

「いや、まだ」

「家族の人には何て?」

「妹さんは気づいたみたいなんで、今御両親をごまかしてくれてます。花婿の方にはお支度が手間取ってると伝えてます」

「開始時間まではあと十五分か」

「少し遅らせましょうか?」

「十分延ばせ。それと桜湯のかわりにハーブティーを用意してサーブしといて。あと、この店、クッキーか何か売ってただろ、それをお茶うけに出すんだ」

そして今日の花嫁も、重圧に耐え兼ねるタイプの人間だったようだ。

狙いは的中し、ドレスに着替えてすぐ、彼女は部屋から姿を消した。

「周囲は鉄柵と植え込みがありますから、出入り口は玄関と厨房《ちゆうぼう》だけです」

「厨房の方には今町田《まちだ》さんが行ってます。玄関には若林《わかばやし》さんが」

一番最初に気づいたのは高校生の妹さんだった。

こっそりと若林さんに近づき、『姉が戻って来ないんです』と告げたのだ。女同士、何か感じるものがあったのだろう。

長い髪に白い花を散らし、くるぶしの出るフェミニンなチュールドレス。

今日一番目立つ格好なのだから出て行けばすぐにわかる。ということはまだ建物の中にいるはずだ。

とは言っても既に招待客が集まり始めてる以上、大っぴらに捜すわけにもいかないから、人手は社員四人と奈々蔵《ななくら》に俺、そして仕事として来た彼の友人のメイキャップアーティストの七人だけだ。

「女子トイレは？」

「見ました。全部空でした」

「男のトイレにあの格好で入れるはずがないし、一階も庭も客で一杯か…」

「二階の使ってない部屋は見ましたか？」

「見た。鍵がかかってるから入れないようになってる」

それでも捜せるところは全て捜した。

人間一人隠すのがこんなに簡単だったなんて、見つけたら推理小説のネタにでもしたいくらいだ。

「そうだ、花嫁が出入りしてもおかしくない場所で、たった一ヵ所捜してない場所があった」

刻々と入って来る報告を受け、頭を抱えていた奈々蔵が、突然ハッと顔を上げた。

「どこです?」

「黒川《くろかわ》さん一緒に来て。典《のり》ちゃん、お茶とクッキーのサービス忘れないでね」

今日だけはきちんと黒いスーツを着た奈々蔵は、俺の手を取ると不自然でない程度の速足で歩きだした。

それも玄関へ向かってだ。

「外へは出てませんよ。出入り口はすぐに固めました」

「窓から出ればいい」

「ですが、敷地の外へ出るためには玄関先の連中に見られます」

「敷地の中にはいるだろ」

「庭はさっき全て見ました」

「駐車場は?」

にこやかに笑みを浮かべ、来客の間を泳ぎながら外へ出る。

中庭とは反対側、駐車場へ向かう小道へ用事があるような顔をしながらずんずん進んでゆく。

「黒川さん、花嫁が乗って来た車はどれ?」

俺は迷うことなく黒いスカイラインを指さした。

「あれです、花嫁の父親が運転して来ました」

「じゃあ反対側から回って」

「中にいる、と?」

「車の中に忘れ物をしたとか何とか言えば不自然じゃない。かと言って他の車の鍵は持ってない。他にいないんだから捜す価値はあるだろう」

彼は助手席側、俺は運転席から身体を低くしてそうっと近づく。

中が見えるほど近づくと、奈々蔵の思った通り、後部座席に白い何かが蠢《うごめ》くのが見えた。

「いますね」

「刺激しないようにね」

「わかっています」

右と左、挟み撃ちするようにドアの前へ立つ。

中に、今度ははっきりとそれとわかる隠れんぼをする子供のように頭を丸めてうずくまる花嫁の背中が見えた。

軽く息を吸い込み、奈々蔵が窓ガラスをコンコンと軽くノックする。

背中が大きくビクッと震え、顔がゆっくりと上がる。

「お化粧直す時間ですから、そろそろ出ましょうか」

笑顔を浮かべ、優しい声で彼がそう言うと、花嫁はガバッと起き上がり反対側のドアに手を掛けた。

もちろん、そちらには俺が立っている。

自分が二十歳そこそこの女性にとって威圧感がある外見だとわかっているから、俺は敢《あ》えて何も言わなかった。

「さ、せっかくのドレスが皺《しわ》になっちゃいますよ」

よく見ると、まだ幼さの残る顔。

彼女は小さくいやいやをした。

「話があるならちゃんと聞いてあげるから、ここを開けてください。嫌なら式を止めることもできるんですよ」

彼女は声のする方、奈々蔵の方へ視線を移し、じっとその顔を見つめた。

「中止に…?」

「ええ、会場に不備があったって言えばいいんです」

そんなことできるわけがないのだが、花嫁を落ち着かせるために彼は頷《うなず》いた。

「でも…みんなが…」

「なぁに、手配したウチが悪いんだって言えばいいんですよ。ウチはお金さえ貰《もら》えばいいんですから」

「本当に…？」

「ええ、だからここ、開けてください」

まだ言葉を疑っているようではあったが、彼女はそうっと手を伸ばすと奈々蔵側のロックを開けた。

ゆっくりとドアは開けたが、中に入らないまま彼がもう一度花嫁に笑顔を向ける。

「他に好きな方でもいたんですか？」

ふるふると小さな頭が揺れる。

「相手の人が嫌いになっちゃった？」

髪と花が揺れる。

「じゃあ怖くなっちゃったんだ。よくいるんですよ、そういう人」

「本当ですか？」

「ええ、結構。前なんかこーんなドレスの裾まくって走り出した花嫁もいましたよ。そんでそのまま近くに止めてあったチャリに乗って逃げちゃったんです」

それが事実か否かは怪しいものだが、彼女の緊張はほぐれたようだ。

「でも綺麗だなぁ。やっぱりそのドレスで正解でしたね。ほら、選ぶ時にタイトなカクテルドレスとどっちにするか迷ってたじゃないですか」

「…覚えて…たんですか?」

「ええ。花婿さんが『可愛い方がいいよ』って薦めたでしょ。確かそれで決めたんですよね」

さりげなく花婿という単語を差し込みながら、奈々蔵は言葉を続けた。

「私…、まだわかんなくて…。結婚なんて…」

「そうですよねぇ、俺より若いんですもんね」

「そうなんです、まだ私なんて。料理もできないし、掃除だって好きじゃないし。誠《まこと》さんのこともまだよくわかんないし」

『誠』というのが今日の花婿の名前か。

「よくわからないうちにみんな決められちゃって、どうしたらいいかわからなくて…」

二十歳を過ぎたならもう立派な大人だろう。自分で決めたことに何を言い訳してるんだ。見かけは美人の類に入るが頭の中は中学生並みだな。

これが自分の友人だったら叱り飛ばすところだ。バカじゃないのか、と。

けれど奈々蔵は穏やかな表情のまま、その戯言《ざれごと》に付き合っている。

「でも考えようによっては知らない人のがいいかもよ、新鮮で。今から恋愛するみたいじゃゃん。

それにダンナさんになる人、優しそうだったから頼めば料理も掃除も手伝ってくれるんじゃない？」

「そんなこと…」

「結婚するのって、みんな大事に考えるけど、実際は大したことじゃないんじゃないかなぁ」

「大したことじゃ…ない…？」

「だって、今時は離婚なんて誰でもしてることだし、バツイチの女の人のがモテるって話もあるでしょう？　何か一回結婚してると大人の女って感じなんだろうね」

こちらからは彼女の顔の表情はわからなかったが、少なくともヒステリー状態は収まったようだ。

「相手のことをよく知らないなら宝クジみたいじゃん。俺、親同士が決めた結婚ですっごく幸せになった花嫁知ってるよ。ああいうのはクジに当たったって言うんだろうな。よく言うじゃん、買わなきゃ当たらないって」

「でも…」

「人生のクジを一回くらい買うのは、そんなに怖いことじゃないと思うけどな。それに、そんなに可愛くできたのを誰にも見せないなんてもったいないでしょう。会場、凄《すご》く綺麗に飾ってあって、まるで絵本みたいですよ。あ、でも化粧がそれじゃダメか」

奈々蔵はそこで初めて言葉を切り、彼女に手を差し出した。

「まだ間に合いますよ。綺麗にしましょう。本当に嫌なら殴ってでも出てくればいいんです。離婚しても人生は終わらない。でも今ここで逃げ出したら後悔しか残らない」

笑顔も消えた。

「俺は、あの人はいい人だと思います。だって、そんな可愛いドレスを選んでくれたんだから。料理を決める時だって、あなたの望みを優先させたじゃないですか。そんないい人を一度も試さないで逃がしたらもったいないですよ。別れるなら試してみてから、これが今時の常識です」

彼女は暫《しばら》く奈々蔵の手を取らなかった。

沈黙だけが支配する時間が過ぎる。

チラリと見た時計は丁度式が始まる予定の時間だった。延ばしたのは十分だから、化粧を直すのにはギリギリの時間だ。

「大丈夫…でしょうか」

消え入りそうな小さな声。

奈々蔵はそれに大きく頷いた。

「大丈夫です。俺が人生に勝つ方法を教えてあげるから」

「人生に勝つ方法…?」

「幸せにしてもらうんじゃなく、絶対に自分は幸せになるんだって決めることです」

彼女はまだ暫く逡《しゅん》巡《じゅん》し、彼を見つめていた。

だが奈々蔵は焦ったりせず、同じポーズのまま花嫁の方から自分の手を取るのをじっと待っていた。

「私…行きます…」

細い指が奈々蔵の手を取る。

身体をかがめて、まるで卵から出る雛《ひな》のように車から姿を現す。

「別れるのは一人でも決められるけど、結婚するのは二人でなければ決められない。どんなに結婚したいと思っても、相手にその気がなければ『結婚』はできないんです。一緒にいようって二人ともがそう思って決めたんですから、幸せになりますよ」

スレた大人なら反論もあるセリフだが、彼女はその言葉にわずかな笑顔を見せた。

「黒川さん、お客に顔見られたくないから裏から行きます。先に行って典ちゃん達にメイクの準備をするように言っといてください」

「わかりました」

「まかせます」

俺を見て、全て委《ゆだ》ねるという頷きを送り花嫁の手を引いて裏へと走り出す奈々蔵の背中を見ながら、なかなかどうして大したものだと笑みが零《こぼ》れる。

だが感心している時間はなかった。

式は既に押している。

来た時と同じように、入り口に集っている来客達に怪しまれないよう、お茶をサービスしている女子社員を捕まえ奈々蔵の伝言を伝えた。

「見つけました、メイクの準備を」

「ゴネました?」

「奈々蔵さんが説得を」

全てが上手《うま》くまとまってほっとした、そんな気分だったのだが、それに応えた女子社員の小さな囁きが俺の心に不穏な影を落とした。

「さすが奈々蔵さん。ハンサムな彼氏がいる人は恋愛論には強いですよね」

ジョークとも取れる笑い顔での一言。

聞き返すような状況ではなかった。

だが聞き間違いとも思えなかった。

『ハンサム』? 『彼氏』? 今彼女はそう言ったか?

「黒川さん、お客様をそろそろ御席の方へ誘導しておいてください」

それは奈々蔵のことか？

彼には社員すら存在を知っている男の恋人がいるということなのか？

「わかりました」

と返事をかえし彼女を見送りながら、俺は驚きを隠すのに必死だった。

それは、あの奈々蔵に男がいるという驚きではない。その驚くべき事実を知ってショックを受けている自分の感情に対してだった。

「それでは皆様、お待たせいたしました。そろそろお式の方が始まりますので、どうぞお庭の方へ…」


式は何とか無事に終わり、フラワーシャワーの中、花嫁花婿は皆に祝福されてレストランを後にした。

誰も裏側の波乱に気づいた人はおらず、『よかったね』という祝福の言葉だけを残して去って行く。

会場の片付けを終え、レストランに挨拶《あいさつ》を済ませ、寄せ集められた者達がそれぞれの仕事を終えて散り散りに本来の場所へ戻る。

会社に戻って細かい後始末をする頃になって、やっと『ビスケット』のみんなも何とか肩の荷を下ろすことができた。

だが、俺の心の中の荷物は下りることはなかった。

『さすが奈々蔵さん。ハンサムな彼氏がいる人は恋愛論には強いですよね』

女性社員の古株の方、神山《かみやま》典子《のりこ》のその一言はショックだった。

自分が今まで彼に手を出さなかった理由の一番は、彼がノンケ、つまり男性を恋愛対象にしていない人間だと思っていたからだ。

だから、怖いとか気持ち悪いとか思われないように、ゆっくりと外堀から埋めていっていたのだ。

なのにあの奈々蔵が、男を恋愛対象にしているどころか、既に決まった相手がいるなんて。

単なるジョークかもしれない。

親しい友人のことを『彼氏』と言っただけかもしれない。

真偽を確かめたくて、彼女と二人っきりになるチャンスをねらったが、なかなかその機会はなかった。

やっと何とかできたのは、一日の終わりになってからだった。

「今日はこのくらいにしようか。黒川さん、典ちゃん呼んで来てくれます」

という奈々蔵の言葉を受けて階段を昇る。

二階の事務所では神山さんが引き出物の余りを数えているところだった。

「神山さん、本日はこれで終了ですよ」

紺のシックなワンピースのまま床に座り込んでいた彼女がパンパンッと膝《ひざ》をはたいて立ち上がる。

「うわ、もうこんな時間」

「お疲れさま」

「どういたしまして。今日はご苦労さまでした」

「それはお互いさまですよ」

「それもそうね。ああいう覚悟の決まって無いお嬢さんは面倒で大変だわ」

若林さん達他の従業員はもうみんな下へ行っている。ここにいるのは神山さんと自分、二人っきりだ。

「そう言えば、今日気になることを言ってましたね」

言葉に重みを持たせないように、重要さや興味深さを入れないように、カーテンを閉めながら話を振る。

「奈々蔵さんって『彼氏』がいるんですか?」

そして笑顔、だ。

「え?」

「ほら、昼間そんなようなこと言ってたでしょう」

「ああ、あれ。ジョークですよ」

彼女も笑う。

「そりゃもちろんジョークだろうけど、誰か仕事でコンビ組んでる人か何かがいるのかな、と思って」

「いいえ、奈々蔵さんは最初っから一人よ。でも時々いかにもお金持ちって感じの男の人の車で帰る時があるから、私達はその人のこと『彼氏』って言ってるの。それがすっごいハンサムなのよ」

いかにも金持ちそうな男…。

「ご兄弟かと思ってたんだけど、奈々蔵さんが『彼氏だよ』って言うから、つい私達もそのジョークに乗ってるだけなの」

彼ほどの若さでこんな立派な会社を興したのは不思議なことだと思っていた。

だがパトロンがいて、その『彼氏』が金を出しているとしたら…。

「その『彼氏』は別として、奈々蔵さんは恋人とかいないんですかね」

「みたい。ガールフレンドはいるみたいだけど、特定の人はね。でもどうして？」

「御自分の結婚のコーディネートはどうするのかと思って」

『彼氏』の話に固執しないように話題を他に振りながら、遠ざける。

「そうねぇ、きっと一番いいアイデア使うんでしょうね。私ももう一回やる時には社員割引でやってもらいたいわ」

「神山さんミセスなんですか？」

「そうよ」

彼女は自分の左手のリングを見せた。

もちろん、そんなものには興味はないが、俺はへえっと驚いて見せた。

「ＯＫ、終わりよ。下へ行きましょう」

「ええ」

奈々蔵にパトロンがいる。そう考えるのは嫌だったが、不思議ではない。むしろその方が当然と言えるかも知れない。

彼女と連れ立って階段を下りながらも、俺の頭の中はそのことで一杯になった。

若くてハンサムで金持ちな男。そいつが彼の才能に出資しているのだろうか。自分が見つけるよりも早く、奈々蔵を見つけ、その手を取った人間がいる。

一人で仕事をしていると思っていた人間が他人の手を借りていたということがショックだったのではなく、遠くから見て、いつか自分で手折《たお》ることを夢見ていた花が、既に他人に手折られていた、そんな感じのショックだ。

「お待たせしました」

階下では、既に他の雑事を片付けた一同が最後の二人を待っていた。明かりはわずかに裏口の辺りを照らすだけ。その中に全員が立っている。

「今日は帰りにみんなで食事しようかって言ってたんだけど、二人は予定はどう?」

と聞いて来る奈々蔵の顔をじっと見てしまう。

恋人がいると決まったワケではない。

「そうですね、私は結構ですけど」

ただそれっぽいジョークを聞いただけ。

「私は家に電話一本入れさせてくれれば」

わかっているのに、どうしてこんなに気にかかるのか。

「愛しのダーリンに許可とるの?　そんじゃ会社の電話使ってもいいよ、外で待ってるから」

「そんなことしていただかなくても、途中で携帯からかけます」

「そんじゃ、行こうか」

何となく、俺は外へ出る一行の中で、奈々蔵に近づいた。

「今日は勘が当たりましたね」

奈々蔵はもういつもの格好に着替えを済ませ、背後から近寄った俺を引っ繰り返るように顎《あご》を上げて振り向いた。子供がよくやる仕草だ。

「ん、勘って言うのかな」

隣へ並ぶと顔もくるりと向き直る。

「人生の転機に覚悟が決まらない人間って多いじゃん。ただそれだけのことだよ。でも、そういうのって、大抵は誰かが『大丈夫』って背中を押してやれば気が済むんだよね」

仕草は子供っぽいが言ってることは経験を積んだ者のセリフに聞こえる。

このギャップのどこかに、彼の恋愛が潜んでいるのだろうか。

「若林さん、カギ閉めてね」

ぞろぞろと部屋を出て、暗い外へ出る。細い外壁ぞいにぐるっと表へ回る。

「明日は沖野《おきの》さん達来るんでしょう？　今日の式の写真見せてあげるといいんじゃない」

「そうですね、随分悩んでましたから、何かビジョンがある方が決断付くかもしれませんね」

「沖野さんの花嫁さんって、イメージが擬音なのよね。『レストランはスカーッとしてて、ドレスはパーッとしてるのがいいんです』って」

「わかんないじゃないんだけどな」

「社長、誘いで行くんだから当然オゴリですよね」

「いいよ。いつもの『梅《うめ》の香《か》』でいいなら」

「和食大歓迎」

駅へ向かってぞろぞろと皆が歩きだした時だった、背後からスーッと近寄って来た車が軽くクラクションを鳴らしたのは。

突然のことで、全員が振り向く。

車は高級外車で、運転は上手く、俺達の横をすいっと抜けて歩道ギリギリの所へ止まった。

「一弥《かずや》」

パワーウインドウの窓が開いて、中から声がする。

若い男のその声に、隣にいた奈々蔵がサッと駆け出すとウインドウを覗《のぞ》き込むようにして近寄った。

「貢《みつぐ》さん、どうしたの」

暗くてよく見えないが、驚いたような顔。

「まだいてよかった。食事の誘いなんだが、ダメかな」

その顔がパッと明るく輝く。

「食事？　俺と一緒に？」

「もちろん」

その顔に、酷《ひど》く嫌な感じがした。

奈々蔵は感情を表に出しやすいタイプの人間だとわかっていた。だから彼のその顔が、心からの喜びに包まれての顔だと教える。

つまり、その男の誘いは一瞬にして幸福を感じるほど、嬉《うれ》しいことだということだ。

奈々蔵は俺達を振り向き、若林さんに目を向けた。

誘ったのはお前だろう、と心の中で呟《つぶや》く。

「ごめん、若林さん。俺抜けていいかな。領収書取っといてくれれば、後で俺が払うから」

共に仕事を終えたスタッフを捨てて、パッと現れた男と行ってしまうのか。

「よろしいですよ」

若林さんも、そんなにあっさりとＯＫを出さないで欲しい。

だが俺はただ黙ってそのやりとりを見ているだけ。

「ホント、ごめん」

奈々蔵は片手を上げて俺達に頭を下げながら後部座席のドアを開けると、するりと中へ姿を消した。何の未練もなく。

左ハンドルの運転手が窓から少しだけその顔を覗かせ、軽く一同に頭を下げる。

前髪が影になって目元はわからないけれど、整った容姿であることは疑いようもない顎のラインを持っていた。

「すいません、皆さん。社長さんをちょっと借ります」

肩口しか見えなくても、男の着ているものが上等のスーツであることはわかった。

「貢さん、社長は止めてよ」

車の中から奈々蔵の声が聞こえたが、もうその姿はここからは見えない。

静かなエンジンの音が響き、車がゆるりと滑り出す。

残された者は、ただその後ろ姿を見送るだけだった。

「さて、我々も行きましょうか」

若林さんの声が移動を促すから、俺も何げない顔をしてそれに頷く。

「今の人が例の『彼氏』なのよ。あんな顔されて連れてかれちゃうと、やっぱり恋人かなって思っちゃうの、わかるでしょう」

傍らに歩み寄った神山さんの言葉を聞かなくても、そんなことはわかっていた。

「親しいお友達かも知れませんよ」

「あら、どうして?」

「助手席に乗らなかったから熱々というワケじゃないでしょう」

「なるほど」

自分で言いながら、そんなことでは理由にはならないと否定する。乗りやすい方から乗っただけのことだろう、と。

この気持ちは誰にも知られることのないものだから、俺は平気な顔で笑う。

「さて、それじゃ社長のいない分、たっぷり戴くことにしましょうか」

「それ賛成」

ほのかな恋心に暗い影が落ちても、それを慰めてくれる相手もいないのだから…。


翌日、いつもと同じように会社へ現れた奈々蔵を前にしても、俺は昨夜のことを問い詰めることなどできなかった。

当然と言えば当然のことだが、あれが誰で、どんな関係なのかを聞く権利はないのだ。

「黒川さん、ちょっと」

呼ばれても、昨日までのように心が弾むことはない。

仕事の話をして、少しずつ親しく…という下心も、目的を失って意欲を無くしたという感じだ。

「何でしょう」

「ん、ケータリングの説明をしようと思ってさ。上の部屋来て」

上の部屋、とは奈々蔵の個室のことだ。彼のデスクと椅子《いす》が一つあるだけの小さな空間で、その壁面は彼の部屋のようにファイルや本などがびっしりと詰まっている。まるで秘密基地のような部屋で、彼はそれぞれのウエディング・プランを練るのだ。

「黒川さんはホテルの仕事で来たんだから、少しはホテルの役に立つ話もしなきゃね」

彼は途中でコーヒーを取って俺を部屋へ招くと、デスクの上に二つのカップを置いてどさりと椅子に腰を下ろした。

ドアを閉じてしまうとまるで押し入れにいる気分だ。

そういえば、ウチの上司の部屋もここよりは広いが、やはり心理的に狭く感じるような空間だったな。

仕事を抱え込む人間というのは狭い場所を好むのだろうか。

「そう言えば、さ。黒川さんは昨日の花嫁のことどう思う?」

彼は仕事の話ではなく、そんなことを切り出した。

「逃げ出した花嫁ですか?」

「そう」

「どうして急に」

小さい、クッションのよい椅子に座って彼の方を向くと、コーヒーが手渡される。

「俺が花嫁を説得してる間、ずっと黙ってたでしょ」

「口を出さない方が上手くまとまると思っただけですよ。私は強面《こわもて》ですからね」

「ハンサムなんだから、にっこり笑っちゃえばイチコロだったかもよ」

「それで私にポーッとなられても困るでしょう。他人の花嫁なんだから」

「そりゃそうだ。で、どう思ったの?」

昨日までなら、当たり障りのない意見を言って『いい人』を演じたかも知れない。

だが正直言って、昨日の『彼氏』のことがあったから、俺は少しふてくされていた。彼が悪いわけではないのだが、この可愛い顔に騙《だま》されたという気がしてたからだ。

「率直で個人的な意見でよろしければ申しますが」

「うん、是非」

俺は軽く肩を上げ、シニカルに笑った。

「バカな女」

悪人面に見えるだろうな、さぞや。

整った顔が目だけで笑うととても嫌な印象を持たれると知っててやる顔だ。

「自分で決めた人生をやり直すのに、『逃げる』という方法を取るのは、私は好きじゃないですね。自分の人生というのは、子供の頃のように大人にねじ伏せられていた頃ならいざ知らず、大人になれば自分で決めるものです」

「でも彼女はまだ二十歳そこそこだったよ」

「だがあの結婚は自分で望んだものであって、政略結婚というわけではなかった。怖くなったなら、正直に周囲の者に怖いと言えばよかった。誰も聞く耳を持たないわけではないだろうに。それをせずに逃げるというのは、誰も信用していないという証拠です。そして一人だけで逃げるというのは他人にケツをまかせる気だったということでしょう」

「『ケツ』か、黒川さんの口から聞くとは思わなかったなぁ」

「失礼、訂正しましょう。後始末を、です」

「いやケツのがいいや。ふうん、黒川さんって思った通り、一人で立ってる人なんだなぁ」

彼は感心するようにそう言うと深く背もたれに身体を埋めるようにした。

「しかし、何故《なぜ》今更そんなことをお聞きになるんです？」

「うん？　ああ、ちょっとね。黒川さんってキッパリした人みたいだから意見を聞きたいと思って」

「私的な意見ですよ、役には立たないでしょう」

「そんなことないよ。…ねえ」

「はい？」

「黒川さんは誰かに固執したことってあります？」

俺をここへ呼んだ理由は仕事のはずなのに、彼は全く関係のないことを口にする。

その真意はわからないけれど、プライベートに近い空気を感じるから、それを中断することはしなかった。

「ありますよ」

彼が他人のものかも知れないと思って苛立《いらだ》っていたのに、そうと決まったワケではないという揺らぎもあるから。

「ホント？　どんな」

「別に普通です」

「恋愛？」

子供の目をしている。

仕事の時にはあんなに大人な顔をするクセに。

「そうです」

このギャップはどこにあるのだろう。

彼はもう年齢的には立派な大人だ。なのに子供を感じるのは単に性格のせいだと思っていたが、違うのだろうか。

「聞いちゃダメかな」

甘えるように上目遣いをするのは、どう見ても『媚《こ》び』ではなく『甘え』、だ。

「いいですよ。特に変わった話じゃありません。学生時代に恋愛をして、別れたんです」

「別れたんですか？」

「そうです」

「どうして？　黒川さんみたいにカッコイイ人が。フったんですか？」

「フってもフられてもいません。互いにもう無理だと思ったんで別れたんです。十代なんで、若かったんですよ」

恋愛は、軽くこなす方だし、後を引かないタイプだった。その方が楽だと知っているから。

けれどその方が楽だと教えてくれた最初の恋愛はしんどかった。

「若いとね、独占欲が湧くんです。相手が他の人間と仲良くしてるとそれだけでイラつく。相手もそうだった。けれど身勝手ですから、若いってことは。相手は束縛したいのに、自分はされたくない。それで顔を合わせる度にケンカになって、しんどくって別れました」

その相手は女だった。

それで女が嫌になって、男同士で遊び回って、男に心を傾けられるようになったのだ。

「ずっと側にいる、なんて約束はしなかったの？」

「しましたよ」

「でも別れた？」

「ええ」

「その相手を今も想っていたりする？」

「いいえ」

彼がどうしてこんなことを深く掘り下げて質問するのか、不思議だった。

ワリと誰にでもある経験じゃないか。

「もし、自分を置いて行った人間に、今も固執している人がいたらどう思う？」

ふっと真実の色が宿る目が向けられる。

「大して惚《ほ》れていた相手でもない人と結婚したような人なのに」

ああ、そうか。

「…いいんじゃないですか？」

彼の聞きたいのはそれか。

「私の考えは所詮《しょせん》私の考えです。日本の教育のひずみってヤツですね。世間では他人と同じでなければおかしいという考えが蔓延《まんえん》している。けれど、育った環境も基本の性格も、それぞれ別なんです。だから私が思った通りにあな…その人が思う必要はない」

こんな持って回った聞き方をして、自分の気持ちの評価を第三者に出してもらいたいということなのだ。

「大して惚れてない相手との恋愛だって、その先に大したことになりそうな予感を感じることもある。長く一緒にいると気持ちいいと思える人だろうとか。誰もが熱烈な恋愛をして結ばれるわけじゃあないんですから。そして自分を捨てた人間をすぐに嫌いになれるほど、人間ってものは単純にはできていませんしね」

「黒川さんみたいにビジネスライクな考え方する人でも、そんなふうに思うんですか？」

子供な部分だ。

「ビジネスライクなのは仕事だからです。私だってプライベートでは野獣かも知れませんよ」

彼の、子供の部分が大人からの判断を待っている。

「黒川さんが野獣？」

そして、俺がその『大人』に見えたのだろう。だから聞くのだ、『俺を捨てた人にまだ心を残す自分はバカか?』と。

「笑いましたね。人には見えない一面があるんですよ」

「すんません」

あの男は、既婚者なのだろうか。

それとも、誰か他の人なのだろうか。

だが俺の失恋は確定のようだ。

相手が誰にせよ、彼の心の中にはまだ忘れられない『誰か』がいるのだろうから。

「もう一度、別れた人以上に好きになる人ができると思いますか?」

「もちろん、決まってるじゃありませんか。人生は長いんです。その可能性は一杯あります。もちろん、その人が最後の一人ということもあるんでしょうが、私はまだ自分の人生を枯らしたくはないですからね」

終わりかな、と思っているのにどうして彼は嬉しそうな目で俺を見るのだろう。

「いいなあ、黒川さんって。自分がちゃんとしてて、色んな意味で大人で強い人なんだなぁと思わせてくれる」

どうして今更こんなことを言うのだろう。

「俺、黒川さんのこと好きだな」

その『好き』に、自分の望むものは含まれないとわかってから。

「はいはい。それじゃ私から一つだけ意地悪な質問をさせてください。それでこの会話は終わりにしましょう。仕事の話があるはずですから」

「いいですよ、何です？」

だから少し苛《いじ》めてみたくて、こんなことを聞いた。

「奈々蔵さんはセックスの経験があるんですか？　それとも童貞ですか？」

パッと赤らむ顔。

「確かに意地の悪い質問だな」

だが、彼の子供っぽさはセックスを知らないことから来るものではなかった。

「そりゃ一応この年ですからね、ありますよ。幾らイヤだからってそんな質問で終わらせなくたっていいのに」

ブツブツ言いながらコーヒーをすする姿は、恥じらっているようには見えるが見栄を張って嘘をついているようには見えなかった。

海外では一人で暮らしていたのだろうし、仕事もしっかり甘えなくこなしている。その上性経験もあるのなら、一体この子供っぽさはどこから来るのだろう。

もう可能性が薄いというのに、やはり彼を気にしている自分に笑いが漏《も》れる。

「何、笑ってるんですか。ケータリングの話、しますよ」

自分の言ったセリフながら真実だな。

「最近は新感覚で、自分の家やゲストハウスや公民館なんかのレンタルスペースを使ってのオリジナル・ウエディングを希望する人も増えてるんです」

相手が自分の方を向かないからと言って、すぐに嫌いになれるほど人間は単純にはできていない。

「レストランと違ってそういう場所は食事の用意がない。そこで出前、つまりケータリングは別にオーダーするということがあるんです。そのケータリングのサービスをホテルで受けてみるっていうことも考えられるんじゃないかと思って…。聞いてます？　黒川さん」

「拝聴しておりますよ」

彼の心に誰かがいてもそれを追い出せる可能性だってあるわけだ、と思いながら彼を見る自分はまさに『単純』ではない。

「そんなにいつまでも笑ってると、今度は俺が黒川さんに意地悪な質問しますよ」

「笑ってるわけではありません、『微笑《ほほえ》んでる』んです。ですが、意地悪な質問をしたいならどうぞ」

「じゃあ黒川さんは今までに何人と経験があったんです?」

「カウントしたことがないからわかりません。が、どっちにしろ奈々蔵さんの想像の範疇《はんちゅう》を越えてると思いますから口にするのは止めておきましょう」

「ズルイ答えだ」

「大人ですから」

この気持ちを消す努力をするのは、決定的な絶望を味わってからでもいい。

惚れた後の後悔なら、苦くても悪いものにはならないだろうから、と。


実際、時折見せる子供っぽさ以外の点では、奈々蔵は非常に立派な大人ぶりだった。

「今度サムシング・フォープランっていうの考えたんだけど」

「何です、それ?」

会社の会議の席でも、テキパキとした行動と発想を見せ、皆を引っ張ってゆくパワーを持っている。

「欧米の言い伝え。花嫁が幸せになるためのおまじないみたいなものかな。サムシングオールド、サムシングニュー、サムシングブルー、サムシングボロウって言うんだけどね」
「サムシングブルーって言うのは知ってます。花嫁が何か青いものを身に付けてると幸せになるっていうアレでしょう？」

「そう。サムシングオールドっていうのは家族との繋《つな》がりを意味していて、何か古いものを身に付けるといいって言うんだ。お母さんのアクセサリーやドレスを使うとか。サムシングニューは新生活を意味することで、これはまあ靴でも手袋でもいいから何か新しいものを身に付ける。ブルーは花嫁の純潔と誠実を意味する」

「え、そうなんですか。私てっきり派手だから寂しい色を添えるのかと」

「違うよ、まあこれはブーケのリボンでも何でもいいんだけどね。そしてサムシングボロウは幸せな結婚をした人にあやかるってことで、何か借りて来ることを言うんだ」

テーブルについた社員全員、と言っても自分と奈々蔵を含めて総勢六人なのだが、を前にして説明をする姿はビジネスの顔。

「これを説明したパンフみたいなものを作って、花嫁に渡す。実際こっちが用意できるのはサムシングニューとブルーだけだけど、こういうふうにすると幸せになるという話ですよ、というのがあると気分的に違うだろう」

普段は外回りが多い若い男性の社員、石川《いしかわ》が手を上げた。

「それに何の意味があるんですか？」

「よりどころさ。ウチのお客は斬新《ざんしん》な式を望むだけあって若い人が多い、でも若い人は気持ちの踏ん切りがつかない人も多い」

「先日の花嫁のように？」

と、俺。

「そう。だから『こういうことをしたんだから幸せになる』っていうこじつけを与えようと思うんだ」

「利益に還元は少なそうですね」

と、町田女史。

「そんなことないさ、式を無事に執り行うことがウチの利益に繋がる。でも何より、俺は結婚する人に『幸せになれる』って気概を与えたいんだ」

「パンフレットのデザインと印刷にかかる費用は？」

「デザイン自体は俺がやってもいい。印刷代は広告を載せてその掲載費用から捻出《ねんしゅつ》する。ウチの取引先は大きいところばかりじゃないから、小さな宣伝しか載せられないだろうけど、それでも印刷代程度には十分な出資だと思う」

「広告取りは俺ですか？」

「ん、頼む、石川ちゃん」

「はいはい」

「ねえ、黒川さん。やってもいいと思うよね」

何故か彼は最後に許可を取るように俺に聞いた。ただ自分で再確認するためかも知れないが。

「もちろんです」

発案は面白い。

そして彼の考えることはちゃんと採算を考えている。

子供と大人のどこが違うかと言うと、子供の発案はアイデアだけだが、大人の発案はそれを現実に推し進める方法まで考えるということだ。その点で言えば彼はいつも大人だった。

そのパンフレットのことだけではない。

もう既に起動しているアイデアの中でも、幾つもそういうものがあった。

例えば自分でブーケを作るというブーケ教室。

これは普段ブーケを頼んでいる花屋とのタイアップ。教室で使う花はそこから買い入れることにしている。

同じようにケーキ教室。こちらも言うまでもなくタイアップだ。

引き出物を持ち帰る袋をデザイン性の高い紙袋にし、それを数種類用意して出口で選ばせるというのもあった。

　ゲストのための席次表など、ホテルでは単なるネームカードだけなのだが、ここでは望むとそれを名前を刺繍《ししゅう》したハンカチや小さなグラスに代えられる。これならば客が記念に持ち帰ることができる。しかも、結婚した花嫁花婿の名前ではなく自分の名前だから後でちゃんと使うことができるというわけだ。

　これ等はホテルでもオプションとして企画することができるだろう。

「午後は俺また出掛けて来るから、若林さん後ヨロシク」

「どちらへ？」

「ん、ＶＪを紹介してくれるって友達がいるから会いに行って来る」

『『ぶいじぇい』ですか？」

「ビデオジョッキーっていうのかな、ヴィジュアルジョッキーっていうのかな。ＤＪってわかります？」

「ディスコとかにいる人ですね。レコードをかける」

「そう、それの映像版の人。音楽に合わせてスクリーンに映像を流すんだ。デジタルで処理してスイッチ一つで色んなものが出るようにする。新郎新婦のお色直しの時って間が空くでしょう。その時にそれを使えないかなって思ってさ」

外にあるものを取り込んで、自分のものにする能力もある。

自分だけの感性に固執することもない。

では、何が彼の中の幼さをいつまでも残しておくのだろう。純粋という言葉だけではないような気がする。

無垢《むく》という言葉も当てはまらないと思う。

彼は商売人としての多少汚い駆け引きもやってのけるのだから。

「あ、黒川さん。今度の日曜暇？」

「はい」

「よかったら俺とデートして。出なきゃならないパーティがあるんだけど、一人で行くの嫌なんだ」

「よろしいですよ。そんなに時間がかからないものなら」

「よかった、じゃ、後で詳しく説明しますね」

自分がここへ来たばかりの頃だ。

「行って来ます」

彼は俺を連れて新規のレストランとの会場使用の契約の交渉に向かった。

ホテルで多少のキャリアを積んだとはいえ、交渉事には全くの新人と言っていい自分を、どうして彼が伴ったのか謎《なぞ》だった。

現場へ着くまでは。

無邪気な顔をした奈々蔵は、レストランへ着くと、中へ入る前に俺に言った。

『黒川さん、あなたまだ社員ってワケじゃないから、自分がどこの所属で同行したか相手にちゃんと説明してくださいね』と。

その時は律義な子供だとしか思わなかったのだが、自分がテーブルについて『ホテルアンジュからの出向で同席させていただきます』と口にした途端、奈々蔵の意図を理解した。

そのレストランは格式が高く、たかが二十六の若造が交渉相手とするには敷居が高かったのだ。

だから彼は俺を利用した。いや、俺の後ろにある『ホテルアンジュ』という大企業の名前を。

俺の言葉を聞いたレストランの支配人の目の色が語る。

あの、『ホテルアンジュ』が肩入れしているベンチャービジネス。それが同席するとなれば、自分のところもそのラインに乗ることができるかも、そう受け取ったに違いない。

それが証拠に、彼等は会話中何度も俺の方を見た。社長である奈々蔵ではなく、単なる出向社員でしかない俺を。

交渉はスムーズに運び、結局そのレストランとの契約を取ることができたのだが、その後で彼は言ったのだ。

『今日は黒川さんのお陰で助かっちゃったな』と。

彼は、俺の利用価値を知っていた。

相手がどんな人間で、何に弱いのかもわかっていた。

だから俺を連れ、俺に名乗らせ、自分の目的を遂げたのだ。

その計算高い彼を、無垢とは言うまい。

奈々蔵一弥という人間を、知れば知るほど興味が湧く。

次から次へと違う面が現れて、俺を魅了する。

どこにでも転がっているような男ではない。

よしんば恋愛が成立しなかったとしても、付き合ってみる価値はある。

奈々蔵がどんな人間なのか、自分が納得がいって飽きるまで。

どうせ仕事でここにいなくてはならないのだから、逃げるよりはずっと建設的だろう。

毎日、彼に関しての謎が増えるから、飽きるなんてことは当分先だろうが。

「ねえ、黒川さん。奈々蔵さんって、『アンジュ』から出資してもらってるんですかね」

例えば外回りに出る寸前の石川のこの質問もそうだ。

「何故です？」

「だって、黒川さんって『アンジュ』からの出向でしょう?」

「ええ」

「若林さんも元々『アンジュ』の社員だったらしいですよ。しかも経営の方の」

ほら、また知らないこと。

「そうだったんですか」

「ええ、以前聞いたことがあるんですよ。まあ確かにあの人の身のこなしって黒川さんに通じるものがありますよね」

「そう言っていただけると嬉しいですね、若林さんは優秀な方だから。あの方は『ビスケット』の創始からのメンバーですよね?」

「そうですよ、一番若い町田さん以外は俺も神山さんも最初っからの人間です。もっとも、町田さんも一ヵ月違いだから殆ど創始って言ってもいいんですけどね」

ヘッドハンティングで集めたわけではないだろう。『アンジュ』の給料も仕事も、今ならいざ知らず立ち上げたばかりのことでは段違いだったはずだ。

それなのに、とても冒険心があるとは思えない若林氏をしてここへ移籍させた理由は何なのだろう。

そんなふうに、彼と彼の周囲の出来事は常に俺を呼ぶ。

気を抜いていると、面白いことを見損なうぞ。知りたいのなら、いつも自分の方を向いていろ、と。

実際、彼がそう望んでいるのではないにしろ。

「それより、もう十一時回りましたよ。外を回るなら昼休みに入る前にお出掛けになった方がよろしいのでは?」

「あ、いけね。それじゃ」

だが少なくとも、今石川が投げかけた問いだけは、案外早くわかってしまうようだった。

結果的に知らなくてもよいと後悔しても。

日曜日。

デートと称して奈々蔵《ななくら》が自分を誘ったパーティは、想像していたものとは全く違っていた。

「ブラックフォーマルとは言わないけど、正装して来てね」

という言葉に応えて、デザインスーツにダークパープルのボウタイ、サッシュも同色に合わせ、白のスタンドカラーのシャツといういで立ちで約束のホテルのロビーに向かう。

正装と言ったのは奈々蔵なのだから、もしそれで浮いていても『おっしゃる通りにしただけですよ』と笑えばいいと思っていた。

どうせ、彼がよく口にする業界の人間の集まりだろう。

よくて著名な芸能人の集まり、悪ければ若造のバカ騒ぎ、そう思っていたのだ。

ただ指定されたホテルが『アンジュ』に引けをとらない高級ホテルであることだけが少し引っ掛かったが。

タクシーを降りてロビーに入り、そこにいた奈々蔵を見た時、その引っ掛かりは更に強くなった。

彼はいつものラフなスタイルではなく、長い髪こそそのままだったが、自分に劣らぬちゃんとした正装をしていたのだ。

黒のタキシードに、彼らしい派手な柄のベスト。しかもオーダーメイドらしいかっちりとした作り。仕事の時にも見せない上品なスタイル。

「これは…、驚きましたね」

「カッコよくて?」

「ええ」

「いやだなあ、ここは笑ってくれなきゃ」

緊張した様子は見えないが、ネジが一つ余分に巻かれたような表情。

「黒川《くろかわ》さんも凄《すご》くカッコイイですよ。見惚《みと》れちゃうくらい」

「今日は何の集まりなんです？　ただ一緒に来て欲しいというだけでしたが」

「知り合いのディスプレイ・デザイナーの受賞パーティ。何だかアメリカで大きな賞を貰《もら》ったんだって」

「ディスプレイ・デザイナーですか？」

「うん。俺がアメリカにいる時のホームステイ先の人だったんだ。もちろん、俺なんかが足元に及ばないくらい偉い人なんだけどさ」

「ご年配の方ですか？」

「そ、気のいいオジサン。二人っきりで会う時はどうでもいいんだけど、こういうパーティは嫌いで、俺」

とは言うが、慣れてないというようにも見えない。

「でも顔出さないと悲しむから」

「私のような人間が来るところではありませんね」

「とんでもない。黒川さんみたいにピシッとした人が側にいてくれると俺の評価も上がるってものだから。…怒ってる？」

「いいえ。ただ先に言っていただければその方のことを少し調べるなり何なりしたんですが。パーティに参加していて何も知らないのでは失礼でしょう」

「あ、それは大丈夫。去年『アンジュ』の正面ホールのディスプレイをやった人だよ。米田政《よねだまさ》親《ちか》って人」

ここでもまた『アンジュ』か。

それとも、その米田氏が一連の『アンジュ』との懸け橋になっていた人間なのだろうか。

「米田氏なら知ってますよ、その前にもウチのレセプションの幾つかをデザインなさいましたね。ウエディングフェスタの時にも少し手をお借りしたと聞いてます」

「凄い、さすが黒川さん」

奈々蔵は何げなく笑い、俺の腕を取る。

「じゃ、行きましょうか。会場にはきっと黒川さんの役に立つ人間もいると思うよ」

その体温が俺をどんな気持ちにさせるかも知らずに。

「時間外手当、後でいただきますよ」

「そんな、ちょっと遊んで帰るつもりでいいじゃない。美味《おい》しいもの食べられるんだからさ」

エスカレーターで地下の会場へ向かいながら、どこか言いようのない苛立《いらだ》ちを感じる。

それが何なのかはよくわからないが、彼が無邪気に自分に微笑《ほほえ》む度に胸の奥底がチリッと焼けるような、そんな感じが。

彼がここへ俺を呼んだのは、彼が俺に好意があるからだ。

彼は俺に頼り、甘えている。

それは決して悪いことであるはずではないのに、そのことを考えるとどうしてだか胸の中がもやもやとするのだ。

受付で、彼は招待状を出し、俺の分も芳名帳に名前を書いた。

振り向いて、大丈夫と言うような顔で笑う。

俺もそれに応えながら、胸の中のもやもやの意味を探す。

会場は自分達よりも年配の人間が多く、若い人間を探す方が難しい。だから自分を誘ったのだろうか、マナーができて、若い人を、と。

「俺、あんまり偉くないから、人が少なくなってから挨拶《あいさつ》に行くわ。それまで端っこで食事してよう」

どう見ても、パーティは始まった後。

何故《なぜ》、世話になった人なのに時間通りに来なかったのだろう。

何故、人がばらける開催後に、紛れるようにして会場に入ったのだろう。正式な招待状を持っていたのに。

件《くだん》の米田氏は正面の金屏風《きんびょうぶ》の前にいた。

会ったことはないが、以前社内で配られた略歴を記したパンフレットに載っていた写真と同じ山小屋の主のような恰幅《かっぷく》のよい風貌《ふうぼう》ですぐにそれとわかった。

彼を囲む人間が誰であるかまではわからないが、白髪と皺《しわ》の数、それに服装や自信満々の顔からそれなりの立場の男達であることはすぐにわかった。

あの中に入ってゆくのは、確かに奈々蔵の若さでは気が引けるだろう。

「黒川さんはこういうの、苦手?」

「普通、そういうものは誘う前に聞くもんですよ」

「でもそこで『苦手』って答えられたら誘いにくいじゃん」

通りがかったウエイターからビールのグラスを受け取り、一つを彼に渡す。

女だったら壁の花というところだが、男二人が壁にもたれている図など、飾りにもならない。

「まあ別に苦手じゃありませんよ。仕事が仕事ですから。パーティの中にいても自分の気配を殺すことができるんです」

「へえ、俺にはできないな」

「あなたは派手ですからね」

「失礼な」

「その長髪はどうおとなしくしてても会場では目立ちますよ」

その一言に、彼はしゅんとした。

「みっともない？」

叱られた子供のように。

いつもの自信に満ちた奈々蔵の面影が消えるほど。

「そういうわけじゃありません。若者の中ならカッコイイと言われるところでしょうが、ある程度の年齢以上の方の間では『不良』と呼ばれるシンボルですから、長髪は」

「俺、二十六なんですけど」

「ある程度の年齢以上の方達は自分より年下の者は全て子供扱いです。たとえあなたが三十をとうに過ぎててもね」

「それって、黒川さんもガキってこと？」

「でしょうね。ハナタレ小僧かも知れませんよ」

会場内に入って初めて、彼はゲラゲラと笑った。

そんなにここは彼にとって居心地が悪い場所なのだろうか。

そう言えば、目立たぬように壁際に立っているというのに、何人かの老人達がこちらへ視線を送って来ている気がする。

しかもあまり好意的ではない視線を。

自分や奈々蔵がいかに若いと言っても、きちんと正装をしてここに立っている以上招待客であることはわかるはずだ。

肩書を知らなくても、招かれた客ならばひとかどの人物だと判断するべきなのに、何故そんな目で見る？

若い人間ならば他にもいるだろう。

その連中には見向きもしないのに、どうして自分達だけに目を向ける。

「あなた達はどちらの関連の方ですか？」

すぐ側でタバコをくゆらせていた紳士が俺に声を掛けた。

奈々蔵は何も言わない。

彼に世話になったんですよ、以前アメリカで彼の家にいたんです。いつもの奈々蔵ならば笑ってそう言っただろうに。

「…米田氏に仕事でお世話になりました会社の者です」

だから代わって俺が答えた。

奈々蔵のことには触れず。

多分彼はそうして欲しいのだろうと思ったから。

「ほう、どちらの？」

「ホテルです。ご存じでしょうか、『アンジュ』という」

紳士は納得がいったという顔を見せて頷《うなず》いた。

「ああ、ホテル『アンジュ』ですか。確か米田氏はあちらの社長の従兄弟《いとこ》に当たられるんでしたかな？」

それは知らなかった。

だが場慣れしている俺はにっこりと営業スマイルを浮かべると、肯定とも否定ともとれるようにグラスを少し掲げて見せた。

その後ろで奈々蔵は俺の背に隠れるようにじっとしている。

…胸の奥にまた陰りが射す。

「北原《きたはら》さん、ご無沙汰してます」

その時、彼の背後から一人の男が声を掛けて来た。

柔らかな栗色の髪、優しげな整った顔。どこの誰かは知らなくとも、この世界に生まれた時から身を置いているという余裕のある笑み。

「おお、渋谷《しぶや》くん。久しぶり」

紳士は彼を見知っているのだろう。大袈裟《おおげさ》な素振りで男を歓迎した。

「去年の今泉《いまいずみ》氏のパーティの時以来ですね」

「本当に、奥方は元気かね、今君のところの社員と話をしていたんだよ」

…君のところの社員？

「こんなところに連れて来るんじゃ、さぞや優秀な人間なんだろうね」

にこにこと笑う紳士の前で、彼は俺の方へちらりと目を向けた。その顔には『意味がわからない』と書いてある。だがそれを相手に気取られるよりも先に青年はにっこりと笑った。

「ええ、そうなんです。でもまだ内緒ですよ。これからどうなるか、という有望株ですから」

「お試し期間というわけかね」

「まあそうです。お義父さんには好きにさせていただいてますが、失敗すると周囲がうるさいですからね」

「仕方がない、商売人というのはそういうものだ」

「彼にちょっと話があるので、よろしいでしょうか？」

「いいとも。雪菜《ゆきな》くんも来てるんだろう、後で二人で来ておくれ」

「是非」

俺は紳士にホテル『アンジュ』の社員だと告げた。なのに君のところの社員と言ったということは、彼は『アンジュ』の関係者なのだろうか。

言われて見ればどこかで見た顔だ。

「君は『アンジュ』から一弥《かずや》のところへ出向している人間だね」

『一弥』？

「…はい、左様です」

「名前は…？」

「黒川と申します」

この声、少しシャープな感じのする顎《あご》のライン。

「貢《みつぐ》さん」

この男…！

「一人で来るのが嫌だったのか？」

「…ってワケじゃないけど」

「米田さん、お前のことを待ってたよ」

「人が少なくなったら会いに行こうと思ってたんだ」

「彼が今日の主賓なんだからそんなことあるわけがないだろう、仕方がないな。私が一緒に行くから、来なさい」

俺を無視して交わされた会話の後、男は奈々蔵に手を差し伸べた。

迎えを待っていた子供のように、彼が俺の背中から出て来る。

この男が…、自分の目の前から奈々蔵をさらった男だ。

車で乗り付け、一言で彼を喜ばせ、連れ去った男なのだ。

そして『渋谷貢』というフルネームを聞いて、やっと男の正体が自分にもわかった。

「黒川くんと言ったね。初めてお目にかかるが、私のことわかるかな」

この男が嫌いだった。どんな人間性を持っていようとも関係はない。ただ自分から奈々蔵を連れ去るという理由だけで、腹立たしさを感じていた。

なのに、俺は男に向かって深々と頭を下げるしかないのだ。

「もちろん、存じております」

何故なら、その男は自分の上司。

「渋谷様。当『アンジュ』グループの副社長でいらっしゃいますね」

…なのだから。

「はは、さすがだな。それで黒川くん、すまないがちょっと一弥を借りるよ」

奈々蔵は少し戸惑いを見せながらも、渋谷副社長の手を取った。

「ごめん、黒川さん。ちょっと待ってて」

「いいですよ。ここでビールでも戴いておきますから」

二人が背中を向け、連れ立って人の輪の中に消える。

その後ろ姿を見ながら、俺は様々な事実を知った。

彼が、奈々蔵の『彼氏』であるのなら、『アンジュ』の人間が彼の会社に肩入れする理由も薄々わかろうというものだ。

米田という奈々蔵のホームステイの相手が社長の親類というのなら、その辺りから二人の間に親交ができたのだろう。

自分が、奈々蔵に頼られていると思いながらも苛立ちを覚えた理由もわかった。

彼は、『俺』を頼っていたのではない。

誰か、自分を保護してくれる者が欲しかったのだ。

それは大人だと認めた俺でもいい、この会場の雰囲気に慣れた『彼氏』でもいい。向けられた好意が自分の望むものとは違うから、彼が自分の側に来る度に心の奥底に影が射したのだ。

人込みを泳いで米田氏を取り巻く輪の中に向かう彼等を、さっき感じていた視線が追いかけてゆく。それも、気づけば老人ばかり。きっと二人の関係に推測を馳《は》せられる立場の人間なのだろう。

「…バカが」

俺は小さく呟《つぶや》いた。

自分にではない、奈々蔵に、だ。

『アンジュ』の副社長は、社長の息子ではない。

社長の一人娘と結婚した入り婿だ。

つまり、彼は妻帯者なのだ。

彼がそれを知らないとは思えなかった。ということは、彼はそれを知っていながら今あの男の手を取ったのだ。

『もし、自分を置いて行った人間に、今も固執している人がいたらどう思う？』

俺に聞いたあのセリフが頭に浮かぶ。

奈々蔵はバカだ。

お前を置いて行ったのはあの男だろう。なのにまだ奴に固執しているのか。

社長の娘と結婚をした男がお前のところに帰って来るはずはないだろう。それどころか、結婚して尚、お前の手を取りに来るような不実な男に付いて行くなんて。

そんな誘いに喜ぶなんて。

美しく髪を結い上げたドレスの女性が渋谷に近づき声を掛けるのが見えた。

後ろ姿だが、するりと彼の腕に腕を滑り込ませるところを見ると、あれが社長の娘だろう。

二人が並んでいる姿を傍らで見ている奈々蔵の顔が酷《ひど》く悲しそうに見えるのは、きっと気のせいではあるまい。

「バカだ…」

奈々蔵も、そしてそんな彼を見ながらまだ彼を諦《あきら》めきれない自分も。

天井を見上げると、目映《まばゆ》いシャンデリアが視界に広がる。

美しく豪華なこの空間の中にポッカリと取り残された感覚。

答えを知ってしまうと、何て間の抜けた事実ばかりが並ぶのだろう。こんなところまでのこのこ付いて来て、誰一人報われていないという事実を知るなんて。

俺は、手にしていたビールを一気に飲み干した。

誰一人話しかける相手もいない、華やかなパーティの会場の中、その苦味だけを噛《か》み締めながら…。

苦々しい思いを味わったそのパーティの後、俺も奈々蔵も、まるで何かを忘れるように仕事に没頭した。

実際、俺は奈々蔵に忘れ難い恋人がいることを、奈々蔵は恋人が奥さんと仲良く連れ立っていた姿を忘れたかったのかも知れない。

そして仕事の方もそれを後押しするかのように順調に進んでいた。

流行というせいもあったのだろうが、依頼者が激増したのだ。

一つの結婚式に対して、通常は半年前に式場等の予約を開始する。つまりカップルは『ビスケット』を訪れる。

だが、必ずしもそれだけの余裕を持って来てくれるというわけではない。中には花嫁の事情で何としてもドレスが美しく着られるうちに式を挙げたいという客もいる。

そうなると準備期間の短さはこちらの負担となるわけだ。

先日のようなトラブルもなく、ちゃんと恋を実らせ、覚悟を決めた恋人同士が二人で生活することを選び生涯の契約を結んでゆくのを祝福する。

考えると、それもまたおかしなことだ。

結婚という言葉に縁のない同性への恋心を抱く自分と、結婚という儀式の前に敗れた恋に傷付けられた二人がその『結婚』を祝福する側にいるのだから。

だがそんな事情を知る者などいないのだから仕方がない。

彼も俺も、ただいつもと同じように笑顔を浮かべ、仕事をこなしてゆくだけだ。

「渡辺《わたなべ》様と清水《しみず》様の明後日のお式、どうなったの？」

「人前《じんぜん》結婚のヤツでしょう。立ち会い人がまだ決まってないんだって」

「ダンナどっち」

「渡辺様」

「すぐに電話して。式次第に書き入れるんだから間に合わなくなっちゃう」

「今日のお客様に見せる写真は?」

「青いファイルのやつです。先週のプライベートハウスの」

カウンターの前に座る幸せ一杯の男女が口にする、夢のような時間。

「私達、手作りの式がしたいんです。ドレスもケーキも引き出物もみんな自分達で作るっていうの、できますか?」

「知り合いを全部呼びたいんですが、そんな会場って見つかりますか?」

「キリスト教の信者じゃないんですけど、教会でやりたいんです」

「ガーデン・ウエディングがしたいんです」

「有名レストランの料理を出したいんですけど…」

その先のことも、その影に消えるもののことも考えない希望。

現実味を欠いて、願望ばかりを募らせる人々。

自分の幸福の前では、周囲を考える余裕はないのだということを証《あか》すような言葉の群れだ。

「黒川さん」

だがそうなのかも知れない。いつでもそうだとは言わないが、人間なんて誰もが自分の幸福に目が眩《くら》むものなのだろう。

「何です」

幸福は酩酊《めいてい》に似ている。

「今度の婚約用のペアウォッチのカタログ来たから見る？」

酒に酔って、幸せになって、全てが瑣末《さまつ》なことのように思えてしまうのに似ている。

「指輪じゃないんですか？」

その酔いがさめた時どんな気分になるのだろうということも考えない。

「うん、結婚指輪って女性は喜ぶけど、男は貰《もら》えないこともあるし、恥ずかしくて付けられない人って多いじゃん。それにお客がウチへ来る頃には交換終わってるしね。婚約期間中の忙しい中にも二人で同じ物身に付けてるって感覚が得られるのは時計の方がいいんじゃないかなって思って考えたんだ」

そして良くも悪くも、周囲の人間はやはり酔っ払いを見ている気分なのだろう。微笑ましいと思うか、迷惑と思うかの違いはあるにせよ。

「結局、奈々蔵さんって自分がドリーマーなんですよね」

「うるさいよ、典《のり》ちゃん。俺はただ結婚する人が幸せになれるようにって思ってるだけ」

自分は、今まではそれを微笑ましいと思う方だった。

だが今は？

「せっかく結婚するんだからさ、絶対幸せにならなきゃダメじゃん」

「奈々蔵さんは、『結婚』って言葉に弱いんですね」

「そうかな？　…そうかもね。結婚て言葉にはバリアがあるじゃん」

「何です、それ」

「他の人が立ち入って行けないっていう。だからその中にいる二人には幸せになってもらわないと。どんなに頑張っても、どんなに近い人でも、外からは手が出せないんだから」

「やっぱりドリーマーだわ。ね、黒川さん」

八つ当たりはいけないいな。

個人と仕事は別なのだから。

あの男が『結婚』という言葉で奈々蔵を弾き、彼を不幸にしていたとしても、それはあの男一人だけのこと。自分の妻を裏切っていたとしても、それはあの夫婦の間だけでのことだ。

全ての人間がそんなふうにしているわけではない。

「奈々蔵さん。カタログ、見せていただけるんなら、今日の帰りにでもまた食事しに寄りましょうか？」

「あ、ゴメン。俺今日の夜は招待状のデザイナーと打ち合わせがあるんだ。あれだったら持って帰ってもいいよ」

「今日もですか？　昨日もお付き合いでお出掛けだったんじゃ」

「うん。昨日は引き出物のカタログの件で輸入ショップの人と会ってた」

「ここのところ毎日残業ですね」

「残業ってほどじゃないよ。大抵飲み会みたいなもんだし。それに、今度新しくアルバイト入れようかと思って。今度大きい依頼が来てるからちょっと頑張らないと。ウチはまだ安定路線じゃないから、色々新規開拓も必要だしね」

「まあ、無理のないように。できることなら手伝うんですから」

「ん、黒川さんは頼りにしてます」

「私達は？」

「頼る部分が違うんだよん。でも町《ま》っちゃんも、典ちゃんも石川《いしかわ》ちゃんも若林《わかばやし》さんも、みんな頼りにしております」

「調子いいんだから」

このまま、もっとゆっくり時間が過ぎていったら。

出向がどれだけの期間なのか、上からは明言されなかったが、一年以下ということはないだろう。

その時間を全て使って、自分や奈々蔵の気持ちの方向を変えてゆけたら。

もっと違う状況を迎えることができるだろう。

「明後日は暇なんだけど、飲みに行く？」

「明後日は私、『アンジュ』の方へ顔を出す日なんです」

「あ、そうか。じゃあさ、明々後日。明々後日は俺とデートね」

「この間みたいにダシに使われるのでなければ喜んで」

恋に落ちるのは一瞬だが、それを進めるのも忘れるのも時間がかかるものだ。

だから焦らないでいい。

少なくとも、こうして皆と話をしている時間は悪い気がしないのだから。

「典ちゃん、お昼頼んで。お蕎麦《そば》でいいから」

「あ、私も頼んじゃおう」

「その前に、お客様みたいですよ」

たとえ望むものにはほど遠い、ぬるま湯だったとしても。

「パッケージウエディングのオプションとしての個別化か」

たった二ヵ月かそこらしか経っていないのに、懐かしいと思うその部屋。

「ええ、色々参考にはなるんですが、どうしてもコストを考えると全てを取り入れるというわけにはいきませんね。もっとも、そこのところがわかっているからこそ、同業者であるウチからの出向を認めているんでしょうが」

その部屋で、上司に報告をしながら、俺は嘘を付く。

「『ビスケット』では外部の会社に発注している物の幾つかは、ホテルの内部で処理ができます。しかし新部門の方は立ち上げるよりも外注にした方がいいと思いますね。こちらとか、こちらとか」

あなたは知らないでしょう。

俺を『ビスケット』に出した上というのがどんな意図を持っていたか。奈々蔵がどうしてそれを受け入れたか。

上と…、副社長と奈々蔵の癒着を。

けれど自分にしてもそんなことを言えるはずがないから、何も知らないフリをして書類を読み上げる。

出向に成果がある、これにはメリットがあると繰り返し、自分を少しでも長く奈々蔵の側へ置いてもらうために。

「ウエディングドレスの販売等もその一例ですね。レンタルは従来通りとして、気に入った方にはそれを販売するというシステムなどは今すぐにでもできます。コストを抑えたドレスを用意して、販売物は別カタログにすれば…」

「それにどんな付加価値があるのかね」

「記念です」

奈々蔵の狭い秘密基地になれてしまったから、もう以前ほど圧迫感を覚えなくなった宮本《みやもと》部長の部屋。

出向を言い渡された日と同じ椅子に座って、俺は続ける。

「結婚式を執り行う人間にとって、その日は記念に『なった日』ではなく、『したい日』なのです。ですから、『特別』とか『後に残る』という言葉には弱いものです」

「なるほど」

そう言えば、俺が出向に出された日、部長が言っていたことを思い出す。

『先年、社長のお嬢様がご結婚なさったのは知っているね。その結婚式がパーティ形式だったのだ、花嫁の知人がコーディネートした。現副社長の婿さんがそれをいたく気に入ってね。何とかうちのホテルに役立つようにできないかということなんだ』

あの時はお嬢様の知り合いだと思っていたが、それは花婿の愛人だったのだ。ことを上手《うま》く運ぶために、ひょっとしたら副社長は奈々蔵を花嫁に引き合わせたのかも知れない。彼の苦しみも知らず。

「それと、ケータリングなんですが。レストラン部門で、ホームウエディング用の料理をケータリングすることを始めてはいかがでしょう」

副社長がこの事情を計画し、色々模索していたとも言った。

奈々蔵と結婚後も関係を続けたのも、新しい事業にしようとしたのも、彼の才能を惜しんでなのだろう。

「それに、来賓のネームプレート代わりにそれぞれのネームの入ったグッズが使えるというのもすぐに実用可能なアイデアですね。その品をホテルのグッズにすると当ホテルの宣伝にもなると思いますし。いっそ、基礎料金にその部分を加えておいてサービスという形で供すればこちらの評価も上がると思います」

「ふ…む。何《いず》れもいい案ではあるな。今回の出向は成功ということだな」

「はい。まだまだ彼からは得るものが多いと思います」

部長は俺が渡した書類に丁寧に目を通すと、軽く息を吐いて天井を見上げた。

この事業を薦めている人間のはずなのに、アイデアを褒めているのに、あまり嬉《うれ》しそうではないようだ。

「何か不都合な点でもありましたか？」

問いかけると、部長は軽く首を振った。

「いや、そうじゃない。そうではないんだ」

それからこちらへ視線を戻し、少し考えるようにしてから口を開いた。

「率直に聞きたいのだが、黒川くん。君から見て『奈々蔵一弥』という男はどういう人間だと思う」

どういうつもりの諮問《しもん》なのだろう。

真意を計りかねた俺は取り敢《あ》えず思った通りのことを答えた。

「優秀な人物だと思います」

「例えば、の話だが。彼の会社をウチに統合したとして、上手くやっていけるような人物だろうか」

それはどういう意味だろう。

「…人物的に見て、本人が望むのであれば問題のない方だと思います。ですが、彼の会社はホテルの系列に組み込むには種類の違う形態だと思いますが？」

俺をここから送り出す時、部長はまるで彼を知っているような口ぶりだった。

まさか…。

「部長は、こちらが長い方でしたね」

「うん？」

「いえ、今回の件についての裁量権をお持ちのようなので、もしかして直接上層部とお話になったのかと思いまして」

「ああ。私は父親もここだったからね。だが裁量権があるわけではないよ。あくまでも、この件に関しては副社長に決定権がある。ただ少し気になったものだから」

多分…、部長は知っているのだ。

どういう経緯でかはわからないが、部長は奈々蔵と副社長が親しい関係にあることを知っているに違いない。

彼が副社長の愛人であるとまでは知らないとしても、何かがあると気づいているのだろう。

「参考意見ではありますが、私は奈々蔵氏は彼自身の会社で仕事を遂行する方が、メリットが大きいと思います。組織に組み込むには奔放な方のようですから」

「そうか」

一体、何がどこまで絡んでいるのだろう。

「わかった。それで、他にウチでできそうなことはあったかね」

「はい。こちらの件ですが…」

二ヵ月前、この部屋で話を持ちかけられた時に感じていた微かな野心が薄れてゆく。

仕事の話をしながら、心が冷えてゆく。

自分は何も知らずに浮かれていた。実際、奈々蔵を取り巻く事情がどんなものなのか、今もわかっているわけではない。

けれど、決して彼が安穏《あんのん》とした地位にいるわけではないことがわかって来た気がする。

彼は、本当に好きであの仕事をしているのだろうか。

それとも、自分が果たせなかった『結婚』というものに対する夢を、綺麗な幻想として保つために努力をしているだけなのだろうか。

彼の才能に気づいた人間に、追い立てられるように働かされているのではないのだろうか。

いや、彼は心から『結婚する者』に対しての希望がある。『幸せになって』という願いを感じる。

けれどそれはあまりに悲しい願いのような気がする。

あんなにも明るい青年の中に何があるのか。

夕方まで、部長と話をした後、本来ならば真っすぐに自分の部屋へ戻るつもりだったのだが、急に彼に会いたくなって電話を入れた。

奈々蔵が自分に何かを話すとも思えなかったのだが、どうしてだか、あの顔が見たくて。

「早く終わったので、まだ飲みに行く誘いが生きているのなら、ご一緒にいかがかと思いましてね」

そんな言葉に、彼は素直な喜びで答えた。

『行く、行く。嬉しいな』

こちらが少し後ろめたくなるような、弾んだ声で。

仕事が終わった後、という約束になったので時間はかなり遅かった。

以前から行ってみたかったという彼の希望を聞き入れて行ったシックな感じの店で、和食風のフレンチを食べてまず空腹を満たす。

食事中の話題は色気もなく仕事の話ばかりで、彼が新しく企画しているというＢＧＭセレクトのことだった。

ホテル等では一般的な曲を使用し、ある程度の用意できる曲数が決まっているものなのだが、それを映画音楽というジャンルの物を取り入れてみてはどうかというものだった。

「若い人にとっての結婚式って、自分が主役の映画みたいなものじゃん。だから聞き慣れた音楽で気分を盛り上げるってのもいいと思うんだよね。ゲストだって聞き慣れてる曲って盛り上がるからさ」

どこから調べて来たのか、彼はサウンドプロデュース専門の会社のパンフも幾つか用意していた。

けれど、自分はこういうことを彼と話したかったわけではない。

笑顔を浮かべて相槌《あいづち》をうちながら、どこか気はそぞろだった。

それが何となく通じてしまったのか、少し酒が入ると、彼ももう少しゆっくりとした場所で飲み直しましょうかと言って、場所を彼のマンションへ移すことにした。

酒がさほど強くないという彼の嗜好《しこう》に合わせて買い入れたビールを両手に下げ、奈々蔵のマンションへ。

相変わらず清潔ではあるのだが、先日訪れた時よりも少し片付けられていない部屋。

「仕事の持ち帰りが増えちゃって」

と言いながら床に積んである雑誌などを寄せてスペースを作る。

夜だというのに外が蒸していたから、すぐに一本目は二人の喉《のど》に消えた。

つまみは、ポテトチップスと定番の物が少し。二本目のビールを互いのグラスに分けても、食事を終えたばかりだからそれに手は伸びない。

膝《ひざ》を崩し、続けてグラスを傾けると、疲れが溜まっていたのか彼はすぐに顔を赤くした。

「仕事、そんなに抱えて大丈夫なんですか？」

「うん、今は何だか一杯仕事したい気分なんだ」

甘えて、近寄ってくる奈々蔵をそのままにして心の中で葛藤《かっとう》する。

彼には恋人がいるのだ、自分が入る余地はない、と。

けれど同じ心の中でもう一つの声も聞こえていた。『お前の恋には希望がない、だから俺を相手に選べよ』と、誘いをかけてもいいんじゃないかと。

けれど俺はそんな気持ちとは裏腹なセリフを口にしてしまった。

「…自分が結婚したい相手とできないから？」

奈々蔵はハッとした顔で俺を見た。

それから笑顔を浮かべる。まるで、自分の気持ちを見透かされた気がしたけれど、そんなことはないよな、と安堵《あんど》するかのような笑みを。

「かもね。俺、恋愛ヘタだから」

「ヘタなんですか?」

白いシャツの襟元がはだけ、薄紅の鎖骨が見える。

それは性欲というものを知っている自分にとっては、随分と扇情《せんじょう》的な眺めだ。

「うん。俺さあ、早いうちに親が死んで、一人前になることに必死だったんだよね。だからあんまり恋愛とかってしたことないんだ」

そしてあの男に引っ掛かったのか。

「今も、自分が一人前なのか、それとも回りの人に助けられてそういうふうに見えてるだけなのかがわからなくてガムシャラに仕事しちゃうんだよね」

「好きでやってるんじゃないんですか?」

「好きは好きだよ」

この部屋が異国情緒に包まれているせいか、日常性が薄れて『二人っきり』という感じが強くなる。

それとも、近すぎるこの距離のせいか。

俺は彼より少し早いピッチでグラスを空けた。それを見て対抗するように彼も自分のグラスを満たす。

「でも、黒川さんと違うからな」

彼は、男にとって自分の甘えがどんなふうに映るのかを知らないのだろうか。

「私と？」

片膝を立て、上目遣いにこちらを見る姿。その膝に落ちる長い髪を手持ち無沙汰に弄《いじ》る細い指先。

それ等全てが余りに無防備で、誘っているように見える。

そんなはずはないのに。

「黒川さんを見てると、凄くキチンとしてるんだよね。最初からそう思ってた」

「キチンとしてる、ねえ。イヤな奴とか言いませんでしたっけ、仮面を付けてるとか」

「それはそれ。そのイヤな奴っぷりがキチンとしてるところなんじゃないですか。あの時、それが自然だって言えた黒川さんに後光が見えた。背筋を伸ばして顔を上げて、カッコイイよ」

「それはホテルマンだったせいでしょう」

「違う、違う。そういうんじゃないんだ。自分のやりたいことがわかってて、それに自信があるっていう感じ」

「あなたはそうじゃないんですか？」

奈々蔵は視線を落とした。

「違うのかも知れない」

「ですが、今、仕事は好きだと言ったでしょう?」

「モデルの時も、仕事は嫌いじゃなかった。この仕事も同じように嫌いじゃない。ただ…、ただ『やってみれば』って言ってくれた人がいて、俺が一生懸命やって結果を出すと喜んでくれるんだ。だから結果が出したくて頑張ってるだけ」

『その人』が誰であるか、ここで聞いてみようか。

そうしたら彼は何と答えるだろう。

「でも黒川さんは違うんでしょう? 自分でこの仕事を選んで、自分で納得がいくように働いてるんでしょう? そういうの、憧れちゃうんだ」

「買いかぶり過ぎですよ」

確かに、自分で望んで就いた仕事だが、『好きだから』という理由ではない。自分のプライベートを充実させるためにこの仕事が都合がよいからだ。

あまり褒められると居心地が悪くなる。

「黒川さんには迷惑だと思うんだけど、何か頼れるって感じがするんだよね」

「他にそういう人はいないんですか?」

「いないよ」

驚くほどあっさりとした即答。

「若林さんとかも大人だなぁと思うけど、何か遠過ぎるから」

「私だともっと近い？」

照れるように笑って、彼は頷いた。

奈々蔵が、自分に対して好意を抱いていることは疑ってはいなかった。

自分だけを誘うことにも、気づいていた。

けれどそれがまるで兄を望むような気持ちでの好意なのだということも、薄々感づいていた。

だから彼が自分に近寄る度に苛立つのだ。

自分が求めているのはそんな気持ちじゃない、と。

彼は、男が恋愛対象になることを知っているはずだ。渋谷《しぶや》との付き合いがあるのだから。

では今ここで、自分にもそういう気持ちがあるのだと言ったらどうするだろう。

先ほどの渋谷とのことを問いただすのは抑えられたが、こちらの気持ちは抑えることはできなかった。

これは自分のことだ。

自分が口にすることに何の憚《はばか》りがあるだろう。

「奈々蔵さん」

二人の距離は膝頭で五十センチほどあった。

俺は自分からその距離を詰め、綿のパンツの彼の膝に自分の膝を触れさせた。

「私があなたが思っているほどの聖人君子でなかったらどうします?」

俺をそういう対象と思っていないからだろう、彼はその近さにも違和感を覚えた様子はなかった。

「別に、どうもしませんよ。いや…、ちょっと安心するかな」

「安心?」

「あなたも、弱い人間ならいいのにって思っちゃうから」

「私は弱い人間ですよ」

「そんなことないでしょう。だって、あなたは『私』って言うじゃないですか。凄く上手く外を作ってる。悪い意味で言ってるんじゃないですよ。ただ、自分には作ることのできない強い装甲を使いこなせてる。それが羨《うらや》ましい」

「では私があなたの前で『俺』と言ったら?」

彼はその言葉に初めて驚いた顔を見せた。

戸惑うように、問うように、俺の目を見つめる。

「それは、嬉しいかな」

言葉とは裏腹に、奈々蔵の綺麗な顔がふいに寂しそうに見えるのは何故だろう。

「黒川さんって、みんなに同じように優しいでしょう。俺はそれにほっとするんです」

そして何故、俺が望んでいない言葉をすらすらと口にするのか。

「みんな均等で、俺にも優しくしてくれるでしょう」

「あなただけにかも知れない」

「そんなことないですよ。だって黒川さん、今『私』じゃないですか」

「どういう意味です」

酒が、回っているのだろう。

彼の顔にいつも浮かんでいる明るい笑顔が消えた。

「わかるかなぁ。俺、黒川さんが相手だと凄くほっとするんです。あなたは変わらない、もし変わっても、きっと俺にそれと気づかせない。だから俺はずっとあなたの側にいて、甘えてても大丈夫って気がするんです」

それは、作った俺を気に入ってるということか。

「頼っても、大丈夫な人だって」

営業スマイルを浮かべて、万人に優しくする男だから安心するということか。

それでは、サービス業の人間の優しさに安堵すると言われているのと同じじゃないか。

「もし、黒川さんが『俺』って使ってくれると嬉しいけど、素のままの黒川さんも俺に優しくしてくれるのかな、と思うとちょっと怖いですね」

線を、一本引かれた気がした。

「だから俺を特別に扱って『俺』の姿を見せてくれるのは嬉しいけど、少しドキドキしますよ」

自分が安心して側にいるのは、あなたが仮面を付けているからです。その仮面の向こうにいる人間には、みんな同じ扱いをするから。接客業の人間として、どんな客が来ても態度を変えない優秀なタイプだから、安心していられるんです。

彼はそう言ってるのだ。

それは取りも直さず、自分と奈々蔵の付き合いはプライベートではないと言っているようなものではないか。

「黒川さん、『俺』って言ってくれるんですか？」

「いいですよ」

恋をしている相手に、どうでもいいと思われることほど辛《つら》いことはない。

「お望みならいくらでも素に戻ってもいい」

よく、可愛さ余って憎さ百倍と言うが、この時の俺の気持ちはそれに近かった。

こんなにも大切にし、こんなにも優しくしてやった結果が『あなたと自分はプライベートな付き合いではないから』というものなら、今ここで無理にでもプライベートに引きずりこんでやろうか。…という意地悪な気になったのだ。

「その代わり、『俺』は何をするかわからないぞ」

声のトーンを少し落とした俺に、奈々蔵がビクッとする。

「望んだのはお前だから」

まだジョークともとれる余裕を残してやるために笑みを浮かべる。

「黒川さん」

手を伸ばし、腕を取り、軽く引くと、細い身体は易々《やすやす》と胸の中へ倒れ込んで来た。

微かなコロンとビールの匂い。獣の前に差し出された美味しいエサのような肢体。エサはまだ自分の状況がわからず、無防備にその位置から俺を見上げている。

「『俺』なら、こんなことができるんだ」

言いながら形のよい唇をねらい、そのすぐ脇へキスを贈った。

「ん」

と目を閉じてそれを避ける奈々蔵。更に俺は服の上から彼の薄い胸板に指を滑らせた。

「ジョーク、キツイですよ」

途端、泣きそうになる。

『俺』がお前に望むことの片鱗《へんりん》を見せただけだ、本心はこうしたいのだ。いや、これ以上のことも望んでいる。

それを少しは感じとってみろ。

誰でもいい相手。

私生活に踏み込まれることなく表面上の優しさを与えてくれる相手。

彼が頼るのは、信じるのは、俺個人ではなく『私』というビジネスマンの優秀さに対してだけなんて。

それが俺にとって辛いことなのだと、少しはわかってくれたか？

「…そう、ジョークです」

胸が痛んだ。

「『私』はフェミニストですから。奈々蔵さんを怖がらせるようなことはしません」

手の中の身体を離し、指を彼の柔らかな髪に移す。

この身体に男として伸ばした手を、意味のないものに戻してしまうために。本当はそれこそが望みなのに。

「怖がってなんかいませんよ」

優しく髪を撫《な》でるのではなく、抱き寄せて唇を寄せたいと思っていたのに。

「でもドキドキしてしまうんでしょう？　泣きそうな顔もなさったし」

『私』ではなく、『俺』として、彼の体温を感じたかった。

「黒川さんがイタズラするからですよ。『俺』になっても優しくしてくれるんならそんなにドキドキもしませんよ。それとも…、『俺』になったら俺のことが嫌いですか？」

不安げな視線を落ち着かせるために、この言葉を使うつもりはなかったのだ。

「そんなことありません、『俺』もあなたが好きです」

けれど今、自分は本当の姿を彼の前にさらけ出すことはできなかった。

「俺、子供みたいですかね」

彼には他に恋人がいる。

彼が自分に求めているのは恋情ではなく安心感でしかない。

その二つの事実が、俺にブレーキをかけた。

「少しね」

「酷い」

こんなに気を遣ってやるほど彼を好きになっている自分に気づいてしまったのに、その時にはもう遅かったなんて。何て滑稽《こっけい》な話だろう。

「少し眠った方がいいですね。疲れてるみたいだから回りが早いようだ」

我慢仕切れなくなるのが怖くて逃げた部屋に留まることを決め、俺は優しく囁《ささや》いた。

「泊めてくださる気があるなら、ちゃんとベッドまで運んであげますよ。私はさほど疲れてませんから」

「でも…」

「他人の世話は慣れてますし、私はあなたのことが好きだと言ったでしょう。ですからこの程度のことは何でもないことです」

「ホントに?」

腕の中の小さな頭が体重をかけて来る。

「本当です」

子供のように。

「じゃあ甘えちゃおうかな。何か凄く眠くって…」

目を閉じて、彼の重みが増す。

すぐに眠りに落ちた彼を暫《しばら》くそのままにして俺は一人、買って来たビールが無くなるまで飲み続けた。

いくら飲んでも酔えなくて。

こんなに、『好き』になったというのに、不思議なほど保護欲をそそるその寝顔に口づける悪戯《いたずら》心すら起きずに。

ネクタイを締めて、かっちりとしたスーツに身を包んで、礼儀正しい男を作り上げ、俺は会社に通う。

遊びをするのは好きだったのに、適当な付き合いだって悪くないものだと思っていたのに、既にそんな気にもならないほど意気消沈している心を隠して。

喪失感。

そんな言葉が今の自分には一番ピッタリとしていた。

あの翌日、酔って寝てしまったことを詫《わ》びた奈々蔵《ななくら》だったが、俺が態度を変えることがなかったからか、いつも通りの笑顔を見せた。

朝食を共に取り、服を着替えるから一度家へ戻るという俺に大きく手を振って送ってくれた。

この部屋から朝帰る時はもっと違ったシチュエーションを想像していたのに、結局はこんな終わりか。

立場が定まっていなければ新しいポジションを得るために足掻《あが》きもしたが、もう決まってしまったものはそう簡単には変わらない。彼の中で『保護者』の名札を貰《もら》ってしまったからには、それは外すことができなくなってしまったのだ。

そう思いながら家路についた。

以来、俺は自分の作ったポーズを壊すことはない。

会社では、優秀に仕事をこなし、奈々蔵との付き合いも今まで通りだ。

いや、今までよりは親密になったかも知れない。ただし、それは友人というか保護者としてのスタンスで、だが。

「黒川《くろかわ》さん、新しい企画あるんだけど聞いてくれる」

甘えた声。

安心しきった態度。

「何です？」

それに答える自分も、見事なまでの紳士。

「今度さ、今までよりずっと安いプラン考えたんだけど」

彼の狭い部屋で、身体を寄せて。

「カフェ・ウエディングっていうの」

けれど心は一定以上近寄ることなく。

「喫茶店でやるんですか？」

「そう。あとはバーとか。バーってお洒落《しゃれ》なところも多いし昼間は暇でしょう。その空いてる時間を貸し切るの」

「悪くないアイデアですね。安価に式を挙げたいけれどお洒落にやりたいという若い人は多いでしょうし」

「でしょう? 食事はケータリングでやればお店にその設備がなくても十分まかなえるし」

「小さい店ならより手作り感が強くなりますね。例えば飾り付けなども本人達や友人達自身でやればもっとコストダウンもできるんじゃないですか?」

「うん、うん」

彼は笑う。

俺を見て嬉《うれ》しそうに。

「そうなると服の方もドレスっぽいワンピース程度でできますし、いっそそのタイプなら会費制というのもいいでしょう。公民館を使うよりぐっといい雰囲気がでます。何なら、交渉から請け負うというのはどうです」

だから俺も笑う。

彼が望むように。

「交渉?」

「ご本人達の行きつけの店等を使用するんです。高級レストラン等は会場貸しだと一回きりのものを嫌がりますが、カフェなら許可も取りやすいでしょう。それに、新郎新婦は自分のところの客ですし」

「思い出の場所で思い出のウエディングか。いいなあ、それ」

夢を馳《は》せる彼の頭をそっと撫《な》でる。

「やっぱり黒川さんはわかってるなぁ。石川《いしかわ》ちゃんとか町《ま》っちゃんはまだ若いし、若林《わかばやし》さんは自分にはわからないって逃げちゃうし、神山《かみやま》さんとはちょっと感覚が違うんだよね」

これくらいは役得だと思いながらその温かさを指先だけ味わう。

「でも、奈々蔵さん。アイデア豊富なのはいいですが、あまり仕事を詰め過ぎると身体に悪いですよ」

「うん。わかってるんだけど、今は黒川さんがいるから嬉しくって。相談相手がいるっていいことなんだなぁと実感してる最中なんだ」

「今までだっていたでしょう？」

「いないよ。結果報告する人はいるけど。俺って基本的に一人みたい」

ケラケラと陽気に笑って、猫のように俺の手に頭を擦《す》り付けて来る。けれどその懐こい仕草にも、もう誤解はしない。

「でも今は一人じゃないでしょう？　『ビスケット』の皆がいるし」

「そういうのと違うでしょう。仕事は仕事だし」

「私は仕事じゃないって言ってるみたいですよ」

「かな？」

　こんな言葉にも、落ち着いたものだ。

「プライベートでと言うなら、私はお兄さんですかねぇ」

　という程度のものだとわかっているから。

「いいなあ、黒川さんが兄貴だなんて。そうだったらきっと凄《すご》く安心して寝られるだろうな」

「何です、それ」

「いや、何となく。色々やってくれて時間作ってくれそうだし、優しいし。黒川さんが来てから、交渉とか一人で行かないで済むんでとっても楽です」

「正直ですね」

　丁度よいスタンス。

　近くもなく遠くもなく。

　けれどその距離が自分には痛い。

「この間のカタログ見ました？　時計の」

だって本当ならば、自分はその肩を抱き、その唇を奪うことを思っていたのだから。

「見ましたよ」

好意は『愛《め》でる』のではなく『性衝動』へ繋《つな》がるものなのだから。

「どうでした？」

「いいですね。ネームや日付を入れるサービスが付けられるともっといいんじゃないですか。あと、箱を特注にして二つ一緒にしまっておけるとか」

彼はパッと俺の手を離れてアイデアをメモり始めた。

「それもらい。箱代とかはかかるかも知れないけど、作らなくても何かを利用すればいいんだもんね」

俺の手を離れる時の名残のなさが辛《つら》い。

引き戻して、その肌を味わうため指を滑らせたい。

けれど差し出していた手をすぐに引っ込めて、俺は何げなく時計を見るフリをする。その手の寂しさに気づかれないように。

「そろそろお昼ですから、私はこれで失礼しますよ」

「あ、俺も行く。一緒に食べましょうよ」

「よろしいですよ。ではアイデアをまとめたら呼びに来てください。外で若林さんと今度の仕事のアルバイトのマニュアルの話をしておきますから」

「ん、すぐ行きます」

仔犬《こいぬ》のようになってゆく彼を見る度に胸が詰まる。

他の人間には見せることのない甘えであっても、『俺でなければ』ではない態度だから無意味なのだと思い知らされて。

ふわふわと、地に足の着いていない穏やかさを纏《まと》って、俺はどんどんシニカルになってゆく。

彼が可愛いと、好きだと思う度に伸ばす手の行きどころを無くして。

自分のことで精一杯。

だから大切なことを見逃していた。

俺が、本当にもっと大人だったら、決して見逃さなかったであろう大きなことを。

付けた仮面が外れないように努力することだけに集中していたから。

「若林さん、今度の氷川《ひかわ》様のお式で雇うアルバイトの件ですが、少し教育の時間が取れないでしょうか」

大切な奈々蔵のことだったというのに…。

その式は、今までのものと違って大々的なウエディングだった。

依頼者の氷川氏は大物のプロデューサーで、相手は売り出し中のモデルだったからだ。しかも予算は今まで扱った中での最高額だった。

コンセプトやその他にも色々と注意すべき点が多く、参列する人数も半端ではない。だが、何よりも注意しなければならなかったのはマスコミ対策だった。

ホテルのように建物の中でやる場合のマニュアルは頭の中に入っていた。

『アンジュ』は大きなホテルだったし、実際そのような式に携わったことがないわけではなかったから。

だが氷川氏の希望するガーデン・ウエディングはその名の通り屋外でのものになる。どんなに注意しても垣根を乗り越えたり、周囲の建物の上からの覗きは防ぐのが難しい。

当初から、そのための会場選びは難航していた。

結局、ウチで用意した会場ではカバーできず困っていたところ、奈々蔵が突然用意した会員制のクラブハウスレストランを使用することになった。

誰がそこを紹介してくれたかは言わずもがな、だ。

元々が会員制だから、プライバシーの保護に関しては完璧だったし。

レストラン自体に専任のブライダルスタッフが用意されているとあって、下準備の打ち合わせも万全。

「この日のために、頑張ったんだからみんな、頑張ろう」

と奈々蔵が勢い込むのもよくわかる。

ベースプランに一点、二点オリジナルプランが織り込まれているのではなく、全てがオーダーメードの式だったのだから。

ウエルカムボード、会場装花も豪華、料理は一流、来賓はパーティ慣れした者ばかり。手を抜くと見抜かれる業界の人間に、見せつけるように凝ったコーディネート。

控室や会場の空きテーブルには新郎新婦の思い出の写真や仕事場のスナップをさりげなく写真立てに入れてディスプレイし、以前奈々蔵が考えていたＶＪによる映像装飾も入れた。

ネームカードは品のよいグリーンのチーフに金でそれぞれの名前を刺繍《ししゅう》したものを使った。

席次表すら、イラストを入れた使い捨てとは思えない仕上がり。

夕暮れから始まる式だったから、庭にはキャンドルを入れたランタンをちりばめた。日が暮れてパーティがたけなわになる頃にはそれが美しい照明効果になるだろう。

「緊張するなぁ」

珍しく、奈々蔵はそう呟《つぶや》いた。

黒のスーツに身を包み、髪を縛って地味に作っているが、自分から見ればそれもまた目を惹《ひ》く美しさを持っている。

「大口ですからね」

「花嫁はまだ来てないんでしょ」

「ええ。でも、もうそろそろ両家の方も到着すると思いますが」

「駐車場の手配は？」

「足りない分は近隣のを借りてますから大丈夫。そこまでの移動はバイトがやります」

「花婿の控室に飲み物の用意は？」

「若林さんが全てチェックしました」

「忘れたもの、ないよね」

いつもなら、もっと慣れた調子で全てを進めるのに今日はよほど高揚しているのだろうか、彼は何度も俺に声を掛けて来た。

「大丈夫ですよ、メイクの人は既に入ってますし、スタイリストも控室です。音楽の方も、スピーカーも、コーディネーターも待機しています。外部の人間は多いですが、それだけ今回はプロが多いですから」

「だよね」

太鼓判を押してやっても、彼は不安を消せない様子だった。

エントランスのタイル張りのホール。

ウエルカムボードを何度も直しては『これでいいかな』と俺を振り向く。俺になぞ聞いても仕方ないと思うのに。

流石《さすが》に俺も気になり出してその肩を抱いた。

「どうしたんです。全て完璧ですよ。何一つ不安材料はありません。あなたは胸を張って差配《さはい》していればいいだけです」

「ああ」

「気になることでもあるんですか？」

「いや、そういうわけじゃないんだけど…。今日の来賓の中に…。いや、いいんだ。やっぱり大きい仕事だから緊張してるんだな。人の評価が気になるなんて、俺もまだまだ小さいよ」

何かを言いかけていたのに、彼はそのまま奥の様子も見て来ると言って控室の方へ姿を消した。自分が恋人だったら、強く抱いて支えてやれるのに。欲望は抑えるほど強くなる。今それをしたらブレーキは効かなくなるだろう。

来賓に気になる人間がいるのだろうか。モデル時代の知り合いとか？　けれどそれを確かめる術は自分にはない。

「黒川さん、車来ました。迎えに出てください」

時間よりも早く声が掛かるから、彼の去って行った方へ向けていた視線を戻す。

彼の様子がおかしいのなら、自分がフォローできるほどしっかりしていれば済むことだ。

奈々蔵だって、たまにはあがることもあるだろう。

「プレスロープは張ってあるね」

「レストランの方が」

「では、始めよう。奈々蔵さんに連絡を」

襟を正して背筋を伸ばす。

黒塗りの外車が戸口から伸びる赤い絨毯《じゅうたん》の前へ滑るように停車し、ドアマンがドアを開ける。

中から降りて来た女性に歩みより、深々と頭を下げる。

「この度は、おめでとうございます」

花嫁のはにかむような笑顔。

何一つ変わった様子はない。何度も繰り返してきたことが始まるだけだ。

「既にスタッフがお待ちしてます。本日は主役ですから、美しくしましょうね。お母様もこちらでお着替えということでしたから、ご一緒にどうぞ」

続いて入って来るもう一台の車の迎えを指示しながら花嫁の控室へ。

螺旋《らせん》状の階段をゆっくりと上り可愛い花で飾られたプレートの掛かるドアの前へ。欧風な造りの部屋には既に奈々蔵と彼の友人のスタイリスト達がスタンバッている。

「本日はおめでとうございます。さ、まずはお顔の方からしましょうか。そちらへお掛けになってください。お母様はこちらへ」

挨拶《あいさつ》をする彼は既にいつもの顔だった。

胸を張って、にっこりとした笑みを見せていた。

「奈々蔵さん、ブライズ・メイトがいらっしゃいました」

「すぐ行く」

幕が開く前に緊張する俳優のような気分だったのだろう。幕が開いてしまえば度胸も据わる。心配する必要はなさそうだ。

「黒川さん、ガーデンの方の最終チェックを確認してください」

「わかりました」

大人の顔に戻った彼の横顔に微笑《ほほえ》みを返し、俺も部屋を出た。後はここは女性陣の仕事場だ、やることは一杯ある。

「神父さんの部屋の確認とお茶の準備を」

指示の声が聞こえる中、やるべきことをやるために俺は彼に背中を向けた。

長い一日だが、何とかなるだろう、と。


来賓の中に一人の年配の男性がいて、その男が奈々蔵に声を掛けるのは見ていた。

フリータイムになって、新郎新婦を含めた全員がレストランのあちこちで談笑している時だ。

その男が誰で、どんな肩書を持っているかは知らないが、ある程度の地位を持っている人物であることくらいはわかった。

階段下のデザインタイルで飾られた鏡の前で体格のよい身体を揺らし、少し怒るように奈々蔵に言葉を掛ける。

奈々蔵の顔は見えなかったが、困っているようにも見えたので部下として慇懃《いんぎん》に彼を呼び戻してやった。

その時、ぎゅっと俺の手を握った彼の指が冷たいのに驚いたが、顔はいつも通りだった。

式は滞りなく進み、結婚誓約書を模したブック型のケーキに、入刀ではなくチョコレートクリームで新郎新婦が署名し、皆が一斉にカメラのフラッシュを焚《た》く。

まだ若い花嫁のために、友人達が付き添いのブライズ・メイトになり、ペアになるようにベストマンが立ち、場を盛り上げる。

最後には花嫁の友人達にブーケトスをし、花婿の友人達のためにはガータートスがなされ、歓声が上がった。

夜空を彩る花火が瞬いて闇に落ちるように、華やかだった人々が去ってゆく。

出口では新しい夫婦になった二人が参列者達と言葉を交わし、涙を少しだけ浮かべていた。

いい式だったと思う。

何一つ落ち度はなく、もし欠点があるとすれば来賓の一部がはしゃぎ過ぎたことだろう。

客がいなくなった後、新郎新婦と両家の親族は用意してある車で近くのホテルへ移動。豪奢《ごうしゃ》なだけに、余計ガランとした感じのする店内に残るのは、『ビスケット』とその関連の人間と、レストラン側の従業員だけとなった。

客を幸福に送り出すことができた後は、いつもほっとする。

彼等がこれから先ずっと幸福であるかどうかはわからないが、最初の一歩だけは『幸せだ』と思って踏み出せるようにしてやったという満足感があった。

確かに、この仕事は悪くないかも知れない。

自分が辛《つら》い思いをしている最中だから特にそんな気分になるのかも知れないが。

けれどそうやって肩の力を抜いていられたのはそこまでだった。

「黒川さんっ！」

客がいないとはいえ、するはずのない大声での呼びかけ。

階段の上から身を乗り出すようにしてこっちを見ていたのは若い石川だった。

「どうしました」

「大変！　奈々蔵さんが倒れて！」

一瞬、身体がグンと冷えた。

「どういうことだ！」

「わかりません、トイレから出て来たら気持ち悪いって…。今、花嫁の控室のトコの椅子《いす》に横にさせました」

「すぐ行く！　若林さんを呼んで来い、厨房《ちゅうぼう》辺りにいるはずだ！」

「はい」

三段跳びに駆け上がる階段。アールヌーボーの壁紙に手をついてターンする廊下。まだ花嫁用のプレートの掛かったドアを開ける。

中には神山さんに付き添われた奈々蔵が蒼白な顔で横になっていた。

「意識は？」

彼女を押しのけるようにして傍らに寄る。

「朦朧《もうろう》としてますけど一応…」

タイとサッシュを取り、ボタンを上から二つ外す。

顔色が青い。貧血か？

「吐いたか？　痛みは？」

「吐いてはいません。部屋に入って来てすぐに座り込んでしまって」

慌ただしい足音がして、若林さんが姿を現す。何事かと思ったレストラン側の人間も何人か後ろから覗《のぞ》き込んでいた。

「どうです」

「わかりません、貧血のようですね」

「酷《ひど》く悪いのでしょうか」

「いや、戻してはいないようですから。若林さん、後を任せても大丈夫でしょうか。わたしは彼を病院へ運びます」

「わかりました。今回は大きいことでしたので人手も足りてますし」

「では病院へ着いて何かわかったらすぐに社に電話をいれます」

それだけ言うと、俺は奈々蔵を抱き上げた。

縛っていたはずの長い髪がはらりと腕から零れる。

「う…」

小さな呻《うめ》き声は聞こえたが、言葉はなかった。

ただ側にいるのが俺とわかってか、スーツの袖に力のない指がかかった。側にいて、というように。

「大丈夫、すぐに病院へ運びますから」

大きな病気を持っていると聞いたことはない。誰もそれを口にはしない。だから大したことではないと思うのだが、力なく垂れる腕が胸を締め付けた。

階段を駆け降りて、レストラン側が呼んでくれたタクシーに乗り込んだ時、俺は混乱していたと思う。

彼に何かあったら、とあるはずのない悪い事を考えて息苦しさを感じていた。

「一番近くの大きい病院はどこだ」

「K大学病院です」

「すぐにそこへやってくれ」

ドライバーに指示を出し、車が走りだした時に鳴った彼のポケットの中の携帯を取ってしまったのはそのせいだろう。いつもなら、決して他人の電話など取ることはないのに。

そしてそこにディスプレイされたナンバーと名前を見て、その混乱は益々酷くなった。

「…渋谷《しぶや》貢《みつぐ》」

あの男が、のうのうと電話を掛けて来た。奈々蔵の苦しみの一つもわかろうとしないあの男が。そう思うだけで頭に血が上った。

「…ん」

奈々蔵の頭の重みを肩に感じ、勝手に指がボタンを押す。

『一弥《かずや》か？　今夜はどうだった』

何も知らない明るい声が憎しみをかきたてる。

「奈々蔵は倒れた。電話には出れん。少しでも心配ならK大学病院へ来い」

仮にも自分の上司である人間だとわかっていた。相手も、もしかしたら自分が誰であるか気づくかも知れない。そうでなくとも、彼が本当に病院へ来れば誰が電話に出たかわかってしまうだろう。

それでも、俺は乱暴な言葉しか使えなかった。そのまま電話を切ってしまった。

自分だけが安泰な場所にいて、幸福な結婚をして。それでも奈々蔵を放そうともせず苦しめている男だと思うと、彼がこうしてぐったりとしている理由があの男でなかったとしてもこの苛立《いらだ》ちをぶつけずにはいられなかったのだ。

彼の肩を憚《はばか》ることなく力を込めて抱き締める。この細い身体を愛《いと》しく思わない者に気など遣う必要はないと思い込む。

八つ当たりだったのかも知れない。

最初から様子のおかしかった彼に、あの手の冷たさに気づいていて見過ごした自分への後悔の捌《は》け口にしたのかも知れない。

「しっかりしろ、すぐに病院に着くからな」

けれどそんなことを冷静に考える余裕などなかったのだ。

ただ感情だけに支配されて。

ただ、奈々蔵のことだけで頭が一杯で…。

診察時間はとうに終わり、真っ暗になった四角い建物の中は、暑い季節だというのにひんやりと冷たかった。

救急の出入り口から入った俺達を迎えた事務的な口調の看護婦は、奈々蔵だけを診察室へ連れ去り、俺はただ一人その真っ暗な空間へ取り残されてしまった。

壁を背に、ビニールの堅いベンチに腰を下ろしてじっと自分の手を見る。

彼を、大切にしてやりたいと思っていたのに、自分の苛立ちに負けて大切なシグナルを見落としてしまった。

来賓のあの男が何者かは知らないが、きっと彼の緊張はあの男のせいだったのだろう。

ここのところ、今日の式の件も含めてずっと忙しくしていた。

それをよいことだと思っていたが、実は負担だったのではないだろうか。

彼が笑うから、それと気づかずに過ごしてしまった。けれど彼は今までだってどんなことを心に抱えても何でもないふうを装っていたではないか。

寂しさや苦しみを抱いていても、周囲に気づかせることのない人間だったではないか。

それを忘れていたなんて。

空調に付いてゆけず冷えてゆく身体を持て余し、ただひたすら彼を呑み込んだドアが開くのを待つ。

かなり長い時間が経ったと思われた後、白い扉は中から開き看護婦がやっと顔を出した。

「付き添いの方ですか?」

バネで弾かれたように立ち上がり、慌てて駆け寄る。

「そうです」

中を覗くまでもなく、彼女の後ろをストレッチャーに乗った奈々蔵が運ばれてゆく。

「患者さんのお名前は？」

「奈々蔵一弥です」

「あなたは？」

「彼の同僚です。黒川と申します。それで、彼の容体は？」

「過労ですね。今晩は入院していただきます。点滴を打って一晩ゆっくりすれば大丈夫だと思いますよ」

「…そうですか」

「入院の書類を用意しますので、書いていただけますか。病室は３１１号です」

「はい、もちろん」

黒のタキシード姿の自分達はさぞ異様に映っただろうが、彼女は何も言わず先に立つと奈々蔵が入院することになった病棟の方へ案内した。

入院病棟も既に明かりは落とされ、病院らしい匂いに満ちている。

わずかにそこだけ明かりに照らされたナースステーションのカウンターで書類を書いていると、背後からゆっくりとした足音が近づいて来た。

他の入院患者だろうかと思って振り向くと、そこには今一番会いたくない男、渋谷貢の姿があった。

少し顎《あご》の張った、穏やかそうな品のよい顔。

柔らかな色のスーツを着た彼は、こちらの姿を認めると心配そうに駆け寄って来た。

「黒川くん、だったね。一弥の様子は？」

キリッ、と胸の奥が引き絞られる。

奈々蔵は子供ではない。

二人の間に何があろうと、それは当人達納得ずくのことなのだ。自分が口を挟むような話ではない。

「過労…だそうです」

「過労」

「ここのところ仕事が立て込んでいたものですから、そのせいかと」

「病室は？」

「３１１です」

「そうか、付き添ってくれてありがとう」

「あなたに、礼を言われる筋合いはありません」

思いのほか大きな声となって響く自分の言葉。

「黒川くん…？」

何も知らないと思って鷹揚《おうよう》に構えている男の顔を見ているうちに、段々と悔しさが募る。お前には幸福な生活があるだろう。美しい妻と、高い地位と、あり余る金が。その全てを手にして尚、奈々蔵を苦しめて側に置こうとしているその傲慢《ごうまん》さが許せない。

「いらっしゃる必要はなかったんじゃないですか。あなたは彼の単なる知人なんですから。それとも、他の関係があると、ここで俺に言えますか」

「君…。一弥が話したのか？」

渋谷の顔は驚きに変わった。

「彼は何も言いません。ですが、彼がどんな気持ちであなたを見ているかは、側にいればわかります。私もさして鈍い方ではありませんから」

「そう…か。まあそれもかまわないことだ」

彼は怒るでもなく、焦るでもなくそう呟いた。

「かまわない？」

その様子に益々カッとなる。

「私は別に隠しておく必要はないと思っている人間だからね。ただ体面というものを気にする人間もいるから、公にはしないでもらいたいけれど」

「それで、一生彼を飼い殺しにするつもりですか」

「そんなつもりはない。一弥には今立派な仕事があるし、『アンジュ』からの支援は十分にしているはずだ」

「それでも！」

気が付くと、俺は渋谷の胸倉を摑《つか》んでいた。

「…それでも、あいつは一人だろう！」

彼が自分の上司であるとか、副社長であるとか、頭の隅に追いやられた理性が叫んでいたが、もう耳には届かなかった。

絶対これでなければイヤだという仕事じゃない。

プライベートライフを充実させるために都合がよいからと選んだ職場だ。失くしたってかまわない。

「あんたが奥さんと一緒にいる時、あいつは一人で待ってるんだろう。一生日陰者にして、縛り付けて、それでもあんたはあいつを可愛いだの愛しいだの言えるのか！」

あいつのためなら。

「黒川くん…？」

「あんたには他に幾らでもいいモノがあるだろう。両手に余るほどの幸福を手にしているだろう。それならいい加減、奈々蔵を解放してやれ！」

「何故《なぜ》私が一弥を解放しなければならないんだ」

「あんたには立派な奥さんがいるんだ。奈々蔵を手に入れることを諦《あきら》めることくらい簡単なんじゃあないのか」

ブチ切れた俺の怒声を浴びながら、渋谷は笑った。

「君は何を言いたいんだ」

それが最後まで忍耐を重ねていた俺の口を切り開いてしまった。

「奈々蔵を、お前の愛人から解放してやれ。あいつは俺が側にいてやるから。望まれるか望まれないかはわからないが、少なくともあいつは俺の肩で眠る。あいつの気持ちが信頼でしかなくとも、俺はあいつをそれ以上の気持ちで包んでやれる」

「…まさか『愛している』と？」

ここで肯定することがどういうことかわかっていても、俺は目を逸《そ》らさずに言い切った。

「そうとってもらってかまわない」

気持ちに嘘はないから。

「一弥が他にもっと好きな相手がいても？」

「忘れろとは言わない。だが、辛い目をして一人来ない相手を待ち続けさせるような、忘れるために仕事にのめりこんで倒れるようなことはさせない！」

　殴らないことだけは褒めて欲しかった。

　あともう一言、相手がカンに障ることを言っていたらわからないが。まだこの男に奈々蔵の気持ちが残っていると知っているから、ギリギリのラインで俺は我慢した。

「宮本《みやもと》部長から、君は大変優秀な人材だと聞いていたんだがな…」

　まるで脅しともとれるその一言を渋谷が呟いた瞬間、彼の背後でエレベーターのドアがゆっくりと開いた。

「あなた！」

　その一言で素性を教える女性の声。

「マンションへ寄って保険証を持って来たわ。一弥は？」

　美しい顔、長い髪、ほっそりとしたしなやかな身体に合った若草色のニットスーツ。

「311号だ。すぐに行くといい、私は彼と話があるから。保険証は貸しなさい」

　綺麗にパールピンクのマニキュアを施された指がバッグから取り出した保険証を渋谷に渡すと、女性は、間違いなく渋谷の妻であるその女性は、摑みあっている俺達を無視するほどの勢いで病室へ向かって走り去った。

　周囲を憚らず響かせるハイヒールのクツ音。

何故、この男の妻が彼の名前を呼びながら目に一杯涙を溜める必要がある。

ここに奈々蔵がいることを知っている。

マンションに寄って保険証を取って来ることができる。

「誤解があるようだから言っておこう」

驚きに緩めた手を、彼はゆっくりと引き離した。

「一弥の愛する相手は私ではなく、私の妻だ」

それから、極めて紳士的な落ち着いた声で、真実を教えてくれた。

「渋谷雪菜《ゆきな》、彼女は奈々蔵一弥とは片親だけだがちゃんと血の繫《つな》がった姉だよ」

俄《にわか》には信じがたい事実を…。


奈々蔵一弥は、ホテル『アンジュ』の現社長の息子だった。ただし、妾腹《めかけばら》の。

社長の若い頃の過ちで、外の女に生ませた子供なのだが、その母親は彼が金持ちであると知って子供を作ったような女だった。

認知こそすれ、女の正体に気づき、関係を断った社長だったが、さすがにその女性が死ぬと奈々蔵を家へ呼び入れた。

奈々蔵がまだ学生だった頃の話だ。

しかしその当時、既に息子を使って社長夫人になるという望みを叶えられなかったことに腹を立てた女性は、奈々蔵に虐待を加えていたのだ。

母親の酷さから、彼は渋谷の家の誰にも受け入れられることはなかった。

妾腹、と言うよりあの性悪女の血を継いでいるという目で見られたからだ。

そんな中、たった一人だけ彼に愛情を注いだのが彼の義姉、雪菜だったのだ。

優しさに飢えた人間が、与えられる愛情の種類に関係なく心を傾けるのは当然のこと。彼は間違いなく、自分の一番大切な人に自分の義姉を据えたことだろう。

「私が彼女との結婚を決めた時、渋谷の家では彼を紹介してくれなかった。それどころか存在すら教えてもらえなかった」

それを副社長に引き合わせたのは、もちろん義姉の雪菜だ。

「一目で、彼が彼女に姉として以上の好意を抱いていることはわかった。そして、彼がとてもいい青年であることもね」

社長のご乱行は古株の人間ならきっと知っていたことなのだろう。

例えば若林氏、例えば宮本部長。

「私は彼に聞いた。何がして欲しいか、と。正直言って金を要求されると思った。そういうことは珍しいことではないし、彼が居心地の悪いあの家から出てゆくにはどうしても金銭は必要なものだからね」

奈々蔵がホームステイしていたという米田《よねだ》氏は社長の親戚だと言っていた。

あのパーティで彼が居心地が悪かったのは、彼を悪く言う父親の親戚が列席していたからだろう。

彼を見てひそひそと囁《ささや》き交わしていた連中が老齢な人間だったことを思うと、当時を知っている者達だったのだろう。

「だが一弥が望んだのは雪菜を幸福にして欲しいということだけだった」

「彼は…そういう子です」

「そう。だから私は彼に金を与える代わりに指針を与えることにした。一弥のブライダル・コーディネーターとしての力量を最初に見いだしたのは雪菜だ。式に参列できない代わりに式そのものを作って欲しいと言ってね」

一番最初に式をコーディネートした相手は彼の姉だったのか。そしてそこから、彼の『結婚するならば幸せにして送り出したい』という気持ちが生まれたのだ。

「だがその式を見て、彼にはこの仕事が向いていると思ったのは私だ。幸福を手に入れられなかった者の方が、より強い幸福への憧れを抱き、想像力をかきたてるのだろう」

「会社の資金を提供したのはあなたですね」

「そうだ。彼に対する好意もあったが、商売としてのメリットも見つけたから」

奈々蔵が渋谷の誘いに喜んだ顔を見せたのは、その向こうに義姉がいたから。

パーティ会場で二人が並んだ姿を見て寂しそうな顔を見せたのは、渋谷ではなく、義姉に心が残っていたから。

解けてしまえば何と全てが簡単な数式だったことか。

「今日のパーティにはウチの関係者が参列することはわかっていたんでね、衝突しやしないかと心配で終わった頃を見計らって電話をしたんだ。そして君に切られ、すぐに雪菜に連絡を入れたというわけだ」

誰もいないナースステーション前の談話室で、彼はそこまで一気に喋《しゃべ》り続けると俺を見た。

「なるべく一弥に『アンジュ』に近いポジションを用意してやりたいと思って、彼の会社をウチへ取り込むために人を派遣したんだが…、意外だったな。部長が言うには君はどちらかというとクールで執着心も薄い、優秀な社員だと聞いていたんだが」

さっきと同じセリフを繰り返す。

だが今度の意味は言われなくてもわかっていた。

優秀な社員だと聞いていたのに、副社長の胸倉は摑むわホモセクシャルだわでは、さぞやビックリしただろう。

　自分の間抜けさ加減に赤面の思いだ。

「君は、野心はあるのかい？」

「ないですね」

「即答だな」

「チャンスがあれば手を出そうという気持ちも起きますが、無理をして何かを望む気にはなれません。人生は金があるよりも楽しい方が好きな男ですから」

「一弥の生まれを利用する気はないのかい？」

「ないです。彼が、社長の家に居場所がないのなら、私が戻しても仕方がないことでしょう。それよりも、彼には幸福な人生を送ることを願ってやりたい」

「では、私は何も言わないよ」

　ハイヒールのクツ音が再び廊下に響き、彼を呼ぶ小さな声がする。

「私は彼の愛人ではないし、彼を大切に思っているわけでもない。一弥の才能は買っているし、妻が義弟を思う気持ちに応えてやろうという気はあるけれど、彼には彼の生活を営んでもらえる方が気が楽だ」

言外に、彼を渋谷の家に入れるつもりはない、という響きがあったが、俺は怒りを感じることはなかった。

その方が、誰のためにも一番いいことなのだろうから。

「あなた、こんなところにいたの？」

声がして、談話室の戸口から美しい顔が覗く。

よく見ると、彼の妻はどこか奈々蔵に似ている気もした。

「その方はどなた？」

「一弥のところの社員だよ、ウチから出した。黒川くんと言うんだ。それで、彼の様子はどうだったんだい？」

「ぐっすり寝てたわ。子供みたいに。身体に異常はないそうよ。びっくりしちゃった」

裏表のなさそうな、穏やかな女性だ。

本気で、自分の義弟を心配して駆けつけ、容体を聞いて安堵《あんど》したという表情をしている。

「そうか。それじゃ私達はこれで帰ろう。後はこの方が見てくださるそうだから」

夫の言葉に、彼女は俺を見て深々と頭を下げた。

「よろしくお願いします」

俺が事情を知っているかどうかもわからないのに。その下げた頭の意味がわからない人間かも知れないのに。

この女性に、奈々蔵の気持ちも知らないで、と言うことはできない。知られないように、恐らくそれを知る誰もが気を遣ったであろうから。奈々蔵自身も含めて。

「黒川くん」

立ち去る前に、渋谷は苦笑を浮かべた。

「君が本当に優秀なら、上手《うま》くやりたまえ。私にはある程度の好意と寛容な精神の用意はある。だが、自分と自分の家族や会社を大切にする気持ちもあるから」

これもまた、言葉の意味を推し量る必要はなかった。

だから、妻の肩を抱き背中を向ける上司に俺は頭を下げると小さな声でこう応えた。

「かしこまりました」

自分と奈々蔵の『これから』を思って。


全ての謎《なぞ》が解けて、彼の恋が色んな意味で幻であったとわかったら、今度は自分の番だった。

今まで、全ての推測を『奈々蔵の恋人は渋谷』『彼は報われない恋に苦しんでいる』という

考えに基づいていたが、それが根本から間違っていたとなれば。

今までの全ての推測が誤りだったということだ。

まず第一に、これで自分が奈々蔵を諦《あきら》めなければならない理由はなくなった。

自分が奈々蔵を『好きだ』ということに対して残っている問題は、最初の頃と同じ。ただ彼がホモセクシャルということを認められるかということだけだ。男に好きと言われて、気持ち悪いと思うかどうか、という。

奈々蔵が男を恋愛対象にするかどうかは別として、俺がそれを口にすることも、もう問題ではないだろう。

彼は性癖で人を判断するような子ではない。『好きになれません』という断りの文句を口にすることはあるかも知れないが、気持ち悪いなどという反応はしないだろう。

痛みを知っている人間だとわかったから、確信があった。

俺を踏みとどまらせていた、出向中の身だからおとなしくしていようという考えも、もう消えてしまった。

もしこれで『ビスケット』を追い出されたり、ホテルに戻されたりしたとしても、同じように彼がそれを会社側に告げ口して『ホモは辞めさせろ』と言うこともないだろう。

それならば、一度『ビスケット』を辞めさせられたとしても、自分はプライベートでもう一度彼をくどく時間を作れるはずだ。

では、彼は自分のことを好きか嫌いか。

今、自分の中に自信があった。

奈々蔵は、自分を『好き』だ。

それが愛になるというほどの自信ではなかったが、嫌われないという自信はあった。

その強さが自分と同じものかどうかまではわからないが、彼が自分を『好き』であることは絶対だ。

俺の強さが好きだと言った。

この『私』という仮面を付けて、苦しさを感じず、窮屈だとも思わない強さに憧れると。それは彼が周囲に虐げられて心を弱くしていたから、そうではない部分を持つ者に惹かれるという意味だろう。

大人であった彼の中に時折見られた子供の部分は、子供の頃に当然あるべき甘えられる時間がなかったから、それが色濃く残っているのだ。

『私』なら、態度が豹変《ひょうへん》することがないだろうから、安心して頼れると言っていたのも、彼の周囲の人間達との経験からくる人間不信の表れだ。

周囲と摩擦を起こさないために笑う彼が、仮面を付けて摩擦無く過ごしている自分を羨《うらや》んだのだ。

頬《ほほ》を染めてセックスの経験はあると言っても、人と激しい恋愛を経験したことはないのだろう。その一歩を踏み出すのが怖くて。

相手に嫌いだと言われ、さげすまれることに脅え、ぶつかることができなかった。

それが一番自分に優しい人間を見つける方法だということも、知らなかったのかも知れない。

幸福になりたいと願う心がありながら、愛されたいと思う気持ちがありながら、彼はそれを恋愛で手に入れようと考えたことがないのではないだろうか。

まだ求める愛情は肉親や家族のものにしか探したことがないのではないだろうか。

だとしたら、自分には賭《か》けてみるチャンスがある。

お前の望む『好きだ』という言葉も、愛ゆえの優しさも、恋愛の中に見つけられるのだと、それを俺が持っていて、与えることができるのだと教えてやるのは、決して悪いことではない。

奈々蔵に、『愛している』と告げよう。

その結果がどう出ても。

今自分の保身のために踏みとどまっても、彼を一人で放っておくだけのこと。

玉砕してでも、気持ちだけは真実だと教えなければ。

それに、綺麗ごとだけでなく、彼がフリーであるとわかった途端、自分の中の彼への欲望も大きく膨らみ、細い肩を、形のよい唇を、求める気持ちも強まっていた。

手を伸ばせば届くのなら、この手を伸ばしたい。

寂しさに脅える奈々蔵なら、この手を取ってくれるはずだ。

自分を求めて、好意を愛情に向けなおしてくれるはずだ。

長い一夜。

彼が病院で久々の深い眠りを得ている最中、傍らでその寝顔を見ながら俺が出した答えはそういうものだった。

思う通りに一歩を踏み出してしまおう。

もう、迷う必要はないのだ、と。


翌日、俺は一旦戻って着替えを済ませてから仕事の指示を受け、それを若林《わかばやし》に伝えると、奈々蔵《ななくら》が遠慮するのを無視して彼の退院に付き合った。

と言っても荷物一つあるわけではないのだから、ただ彼をマンションまで送り届けるだけのことだ。

「何かみっともないなあ」

照れて笑う彼に、俺は悠然と微笑《ほほえ》み、保護者な顔を見せた。

「お仕事が立て込んでらっしゃいましたからね。少しゆっくりなさればよろしいんですよ。仕事のことは大きな山も済んだことですし、若林さんにお任せすれば大丈夫でしょう」

と、丁寧な言葉で語りかけた。

まだ——。

タクシーに乗って彼の部屋へ着き、まだタキシードのままの彼が着替えると言い出すまで。

籐《とう》の家具や木製のキャビネット。

プリントの更紗《さらさ》に竹のブックラック。

アジアっぽい雰囲気を残す部屋の奥にあるベッドルームも、同じように東洋風のもの。

「でもお陰でぐっすり眠ったら気分がいいや。点滴には参ったけど」

と笑って上着を脱ぐ彼の背後で、俺は『私』という仮面を取る。

「以前——」

彼の肩に手を置き、ベッドへゆっくりと座らせる。

「言いましたね。『私』というのはプライベートとビジネスを分ける境界のようなものだと」

戸惑う彼に、立ったまま上から笑いかける。

「そして『私』が『私』と言っている限り安心できるけれど、『俺』と言い出してなお自分のことが好きだかどうだかわからないから、そう言われると不安がある、と」

彼は目を何度か瞬かせて頷《うなず》いた。

「ええ、まあ…」

「じゃあ…、教えてやろう」

「黒川《くろかわ》さん？」

「俺がどんなふうに奈々蔵のことを見ているか」

豹変《ひょうへん》する俺に、彼の顔に不安が過《よぎ》る。

嫌い、と言い出すわけではないから安心しろと言うように、俺はもう一度笑ってやった。

「俺が悪人だという話もしたな。それを隠すために『私』と言って体裁を繕っているのだと。俺が何を隠していたか、知りたくないか？」

「…やだな…。どうしちゃったんです」

「仮面を付けたままお前に優しくしてやるのは簡単だが、それじゃ二人の間にある距離はこれっぽっちも縮まらない。そのことに業を煮やしたんだ」

「黒川さん？」

ベッドの隣に座って、顔の位置を同じにする。

見つめ合った目は、まだ脅えを残す。

「俺は、奈々蔵が好きなんだ。そういう気持ちを隠していた」

肩から手に落とした指先を絡める。

「保護者のように優しくはなれないかもしれない。だが、俺は奈々蔵を好きだ」

その言葉にどう反応すべきか、彼が悩んでいるのが目に見えた。

「お前はどうだ？　俺のことが好きか？」

「何言って…、俺は黒川さんのこと好きだって言ったじゃないですか」

「その意味がどういうものだかわからないで答えるなよ」

「黒川さん」

「俺はお前を抱いてキスしたいと思うように好きだと言ってるんだ」

目が丸くなるが、嫌悪の色は見えない。

「どうして突然そんなこと…」

「突然じゃない。ずっと我慢してただけだ。渋谷貢《しぶやみつぐ》がお前の恋人だと誤解してたから」

「違います、彼は…！」

「わかってる。それが間違いだと気づいたから、我慢する必要がなくなったんだ」

パーティシャツの薄い白が、彼の素肌を透けさせる。それが『そそる』、と今なら素直に思える。

「渋谷貢がお前の義兄だということは聞いた」

「誰に！」

「本人に」

「貢さん？」

「そう、お前が渋谷社長の妾腹《めかけばら》で、母親がだらしない女性で、児童虐待の経験があるとか。渋谷家の親戚に排斥されてて、一人ぼっちで寂しかったから優しくしてくれた姉さんを好きだと思っていたとか」

戸惑って、子供のように視線を彷徨《さまよ》わせていた奈々蔵の目の色が変わる。

羞恥《しゅうち》と怒りで、カッと目に光が灯《とも》る。

「そんなこと、黒川さんには関係ないでしょう！」

絡まっていた指先を解こうとしたが、俺はそうはさせなかった。

自分は優しい男ではないのだろう、基本的には。

目の前で奈々蔵が困ったり怒った顔を見せるのが酷《ひど》く嬉《うれ》しい。

悪い男だと、最初に言っておいたはずだ。本気にとらなかったのは奈々蔵のミスだ。

「間違えないように言っておくが、俺は社会的に見た『奈々蔵一弥《かずや》』なんてどうでもいい。この話をするのは、ただ俺が『知っている』ということを伝えたいだけだ。『アンジュ』の社長の息子で、渋谷夫妻の義弟で、寂しく厳しい過去があると、俺は『知っている』

その肩書の一つ一つに反応してしまうほど、彼の中でウエイトを締めているものなのに、俺はわざわざそれを確認させながら破り捨てる。

「それで…?」

「だから奈々蔵は俺を『何も知らないクセに』という言葉で拒絶はできない」

「拒絶なんてしません」

「恋愛対象としても?」

優しくしていては手に入らない。

「セックスの対象としても?」

だから苛《いじ》める。

「セッ…!」

顔を赤らめても、手を引いてやらない。

「今、俺が話をしているのは、心地よくて優しい保護者を求めることについてじゃない。弟のように可愛《かわい》くて、大切に愛《め》でたいという話でもない。一人の男として、恋人にして、キスして抱きたいがどうだろうという話だ」

「俺は男ですよ…」

「残念だったな、俺はもうずっと以前からバイなんだ」

「そんなこと言わなかった」

「一々自分の性癖を吹聴《ふいちょう》するタイプじゃないもので。それに、『私』はプライベートのことは口にしないんです」

「厭味《いやみ》に使いわけしないでくださいっ」

「『私』は一度聞きましたよ。『俺』と言いましょうか、と。その時あなたは怖いからと言って逃げた。あの時は『私』も優しかったし、自分をさらけ出してもフラれるだけならしょうがないと思って『私』を通した。けれど今はプライベート、『私』は『俺』です。あなたが怖かろうがどうしようが関係ない」

奈々蔵は、今までとまったく違った目で俺を見ていた。

さっきまでは信頼、羨望《せんぼう》、安心という色をたたえていたのに、怒りに火を点《つ》けられてからは、驚愕《きょうがく》と戸惑い、それに負けるものかという強い感情が見える。

「それで、強姦《ごうかん》するんですか?」

そうだ。

「OKが出たら」

大人の顔で考えてくれ。

「出すと思ってるんですか?」

子供のように甘えたり、俺に伺《うかが》いを立てたり流されたりしないでくれ。

「わからん。殴られて、二度とこの部屋に来るなと言われるかも知れない」

俺を敵対でもいい、対等な相手と思って判断してくれ。受け入れるか、そうでないか。

「奈々蔵、俺は人間だ。ごくフツーの男だ。殴られればケガをするし、辛《つら》い目にあれば苦しいし、苛められれば泣く。『私』という言葉を使って愛想をよくし、自分に向けられる攻撃や中傷に平気な顔をしていられるのは、それが自分の上に皮を、お前流に言うと仮面を被《かぶ》っているからだ。その仮面を外せば、奈々蔵と大して変わることなんかない。フラれたら泣くだろう。それでも、今こうして聞いてる。俺は奈々蔵が好きだが、お前はどうだ、と」

「お…、お前扱いですか」

「仕事を離れれば年下だから」

「でも、今までと随分違うじゃないですか…」

「俺が肩書を全て取り払った奈々蔵を見た時、こう呼ぶのが一番いいと思ったからだ。『あなた』でも、『奈々蔵さん』でもない。俺の目の前にいるのは単に『お前』でしかないから」

「…それは」

「俺だって、覚悟を決めて聞いてる。だからお前も覚悟を決めて答えてくれ。傷つくことを恐れて曖昧《あいまい》な返事はするな。優しい『私』を失うのが怖いからとか、おっかない『俺』に怒られるから今だけ『俺も』なんて言ったら後悔するぞ。もし奈々蔵も俺が好きなら、俺はこのままベッドに押し倒す気でいるんだから」

「気が早すぎませんか」

焦って舌たらずな言葉。

「俺はもうずっとそういう気持ちだったんだから、よく我慢したと思う」

「ま、まさか以前ここへ来た時も…？」

「最初にここへ来た時にはもうその気があった」

にやりと笑うと、顔が益々赤くなった。

それが怒りからか、恥じらいからかはわからないけれど。いや、そのどっちもがあって、相乗効果なのかもしれない。

一人で眠るにはちょっとだけ広いベッド。

上に掛けられたエスニックなベッドカバーに皺《しわ》が寄る。

彼は俺を見て、俺は彼を見て。

次の言葉を探して、次の態度を探して。

沈黙が流れるから、彼の視線は激しく部屋の中を行き交っていた。

目の向かう先で、彼の考えてることが手に取るようにわかる。

床を視線が彷徨う時、彼はどうしようと思っている。俺を見る時はこの人と恋愛？　と自問自答。ベッドを見ている時にはセックスができるのか、と考えているのだろう。

「優しくされて、愛されたいんだろう？　俺はお前の欲しいものを知ってる。俺はそれをやる。優しくして、甘やかして。そしてそれよりももっと欲しいものもやる」

「もっと…欲しいもの…？」

「お前だけ、という相手だ。『奈々蔵だけに優しい』男を、だ」

「俺だけの…」

母親は、元よりお前を見ていなかっただろう。

父親も、形だけの親族も。

姉は優しかったかも知れないが渋谷を選んだ。

若林は、恐らく渋谷か父親が送って来たのだろうが、仕事としてそこにいた。

神山《かみやま》も、石川《いしかわ》も、町田《まちだ》も、その他今までお前が付き合って来た全ての友人達はお前を見ていたかも知れないが、そこにある暗い穴を知らないままだったから、お前が求めているものが何なのか気づいてくれなかった。

けれど俺は違う。

お前のことを知っている。欲しいものも、その傷も。そして『私』を『俺』に変えて、仕事などではなく本当にプライベートに申し出ていることを意思表示しているのだ。

「せめて…少し考える時間を…」

「ダメだ」

「なんで。突然なんですよ、俺は今までこんなこと考えたことなかったんだから。確かに黒川さんのことは凄《すご》く好きだけど、セッ…」

「セックス？」

言い澱《よど》んだから苛めてみたら、彼はヤケクソのように大きな声でリフレインした。

「『セックス』したいほど好きかなんて、考えたことはなかったんです。ゆっくり考える時間をくれてもいいでしょう」

「それは一理ある」

一瞬ほっとした表情が浮かぶ。

「だがダメだ」

そして消える。

「『私』は優しくて道理のわかる男だったかも知れないが、『俺』は悪人だし、自分の欲望に忠実だから」

「そんな！」

「別に、どうしても考えられないって言うなら、お前じゃなく俺が決めてもいいんだぞ」

「何を！」

「するかしないかを」

空いてる方の手で、彼は頭を押さえた。

「頭がクラクラして来ました…」

「『いい人を一度も試さないで逃がしたらもったいないですよ。別れるなら試してみてから、これが今時の常識です』『幸せにしてもらうんじゃなく、絶対に自分は幸せになるんだって決めることです』」

「何です…？」

「奈々蔵のセリフだ。逃げた花嫁を説得した時の」

「そんな、揚げ足を取るような…」

「怖いんだろう？」

抱き寄せて、兄のように優しいキスを額にした。

「『それ』がどんなものだかわからなくて」

今はまだ返事を貰《もら》っていないから、優しくしてやる。

「あの時のバカ女と一緒だ」

ピクッと震えるのは、思い当たりがあるからか、キスされたのが嫌だったからか。

「俺をバカ男だと思ってる…？」

「このまま逃げればな。俺は奈々蔵を押さえ付けて跨《また》がってるワケじゃない。絶対に愛せとも言ってない。あの時も言ったはずだ。逃げることも進むことも、自分の手の中にあるんだから自分で決めろ。五分だ」

ずっと絡めていた指を解いて、腰をずらせて距離を置く。

二人の間にあったベッドカバーの皺がピッと伸びる。

心細そうな顔をするな。

俺だって心細いんだから。

奈々蔵はそのまま猶予として与えた五分間じっと固まったままだった。

この部屋のどこかにある時計が秒を刻む音が聞こえる。

俺は自分の腕の時計を見て、カッキリ五分を計った。

針の切れ切れの動きにつられて呼吸が早まる。

心臓の鼓動すら、それに合わせてしまいそうだ。

短いのに長く感じる時間。

それはどちらにとっても重く、真剣な時間だっただろう。

「五分だ」

声に奈々蔵が顔を上げる。

「答えろ」

目にはまだ迷いが残っていた。けれど俺は容赦なく聞いた。

「俺は奈々蔵が好きだ。ここですぐに抱いてしまいたいほど。お前は？」

『ごめんなさい』と言われたら涙ものだが、その時は仕方がない。諦《あきら》めておとなしく帰るさ。

だがその迷いの残る目ではあったけれど、彼は真っすぐに俺を見て、手を差し出した。

「いいよ」

『好きです』とは言われなかった。

「俺は黒川さんを、受け入れる」

それが悲しくはあったが、だからと言ってもう一度時間を与えるほど自分にはもう余裕はなかった。

その弱さと悲しささえ含めて、彼のことをとても愛していたから…。

長い髪に触れるだけで、彼の身体がピクリと震える。

白いうなじは少し汗ばんでいて、手を回すと肌はぴたりと吸い付くようだった。

大人げないな、と反省する気持ちはあった。

追い詰めて、無理やり手に入れてしまったと後悔する部分もあった。

けれどそんな良心の呵責《かしゃく》よりも、今は彼を手に入れたいという欲の方が強かったのだから仕方がない。

最初は軽い気持ちだった。

好みの顔で、明るい青年で、才能もあって。

ただ楽しいだけの恋愛の相手にしたらいいだろうなと思っただけだった。

渋谷というライバルが現れたから、強く意識するようになっただけだと思っていた。

もしも、聞きたいと言ったら全て話しただろう。どうして俺がお前を好きだと思ったか。

見かけも才能もいいとは思った。けれど自分のところの上司にまでケンカを吹っかけるほど理性をなくしたのは、お前が辛かったからだ。

その相手は恋愛の対象ではなく、渋谷でもないとわかったけれど、誰かを思って心を虚《うつ》ろにする横顔が痛かったからだ。

どんなに光のある場所にいても、どこか寂しい影を持っていた。

大胆に見えて、そろそろとした臆病《おくびょう》さも持っていた。

その弱さに、手を差し出したくなってしまったのだ。

だから優しくはする。

奈々蔵の望んだ優しさとは違うかも知れないが。

唇を合わせた時も、彼は身体を震わせた。

抵抗はなかったけれど、全身に力が入っているのはすぐにわかった。

着替えを持って行かなかったから、まだ昨日と同じシャツを着ている彼の胸にそっと手を置く。

皺だらけになってしまっているから手触りは悪い。

貝の白いボタンをゆっくりと外すと、彼の顔が羞恥に赤く染まった。

濃いブルーの魚と唐草の柄のベッドカバーに横たわる綺麗な身体は自分よりも少し小さく、恐れを表すように手足を縮めているから余計にそう見える。

「好きだ」

と囁《ささや》く耳元。

軽く噛《か》む耳朶《みみたぶ》。

「経験はあるけど…慣れてるワケじゃないんですからね…」

と消え入りそうな声で文句を言ったが、それは逆効果だと思う。

「誰が相手だか問いただしたくなるから、もうそのことは言わなくていい」

昔の歌にもあったじゃないか。

男ってヤツは誰でも最初の恋人になりたがるものだと。

「ただ怖いなら優しくしてやる」

「優しくって、どんなふうに…」

「奈々蔵がただ寝ていれば全てが終わるように甘やかしてやる」

彼が『受け入れる』としか言わなかったから、非協力的であろうことはわかっていた。

お前は俺が望むから差し出すだけだろう。自分が欲しいから俺を待っているわけではないだろう、と。

なのに期待を持たせるように彼は言った。

「ただ寝てれば終わるなんて、そんなんじゃイヤだ」

本当に好きでいてくれるのかな、なんて思わせてくれるように。

「フェアじゃない」

彼の、こういう子供のような素直さが好きなのだ。

「じゃあ俺の首に手を回して。俺に触れていて」

もしも、俺達がまだ十代のガキだったら。

いや、『俺』が少年だったら。

きっと奈々蔵の望むテンポで恋ができただろう。

「ただどこかに触れてててくれれば、それだけで気持ちがいい」

ごめんよ。

それができないほどの大人で。

だが覚えておくといい。大人になったら子供の頃に考えたことは大抵は叶わない。大人と子供の差なんて大したもんじゃない。

お前が俺の中に見ていた『強い大人』は、同時に我慢のできない『我の強さ』も持っているのだと。

そして心の中に『彼は間違えているだけかも知れない』という疑念があっても、最後の瞬間には愛を囁いてくれるさと楽観視してしまう身勝手さもあるのだと。

奈々蔵の長い腕は、言葉通り俺の首に回った。

大きくて、少し甘茶色の瞳は逸《そ》らされなかった。

胸に触れて、腰に触れて。その度ごとに活きのいい魚みたいにビクビクとしていたけれど、手はずっとそこにあった。

薄皮一枚下にある骨の形をうっすらと浮かび上がらせる肢体。

上から覗き込むようにして身体を重ねる。

シャツは袖を残したまま、ズボンは前を開けただけ。

全てを剝《む》いて、裸にして抱くことはしなかった。

彼にまた隠れている部分を残してやりながら、手を滑らせた。

今まで何人もの相手をして得て来た知識を駆使して、この細い身体には甘い快感だけ与えてやろうと細心の注意をした。

「ん…」

声を上げるまで、胸を舌で濡らし。

「…ん」

敏感だと知っている箇所の中でも、一番彼の腕に力のこもる部分を探り当てる。

「黒川…」

目は閉じてしまったけれど、身体は目の前にある。

「さ…」

締まった腰に手が添う。

開いて、下着の見える腹部から下に指を潜り込ませる。

反応のある熱い塊に絡めて、彼の顔をちらりと見る。

嫌悪感が見えないから、熱に浮かされたように唇が少し開くから、その先を続ける。

花びらを散らすように白い肌にキスの跡を残す。

人の心は複雑で、自分一つでさえ持て余す。

スマートに生きることを楽しんでいた自分と、あっさりと奈々蔵を諦めて保護者に徹しようとした自分と、我慢できずに渋谷に食ってかかった自分。

そして腕の中で、恐らく初めて他人から性的な快感を与えられて戸惑っているであろう細い身体を見ても。可愛いと思う自分ともっと溺《おぼ》れさせてやりたいと思う自分がいる。

「奈々蔵」

そこを握ると、軽くなのに目が開いた。

「痛かったら言っていい」

首に回っていた腕が返事の代わりにぎゅっとなる。

「嫌だったら言っていい」

「嫌だって言ったからって何かを変えるなら…最初っからこんなことしてないクセに…」

図星だ。

首を柔らかく食《は》むと、口の中に彼の長い毛が入って邪魔をした。

動いている間にシャツから零《こぼ》れた白い肩が視界の端で蠢《うごめ》き始める。

下から来る刺激が全身に広がって、力が抜けてゆくのだろう。ずっと首にあった腕がだんだんと緩み、指が髪を引っ張った。

だがそれもさして長い間じゃない。

何度となく強弱を付けてその形を変えさせている間に、片方の手が首から肩に、肩から胸へと落ちて来た。

「は…ぁ…」

呼吸が荒くなって、胸が一緒に上下する。

だが最後までずっとこの甘い疼《うず》きだけを与えるわけじゃない。奈々蔵は気づいていないかも知れないが、最後はきっと苦しみを与えることになる。

せめてそれまでに、感覚を麻痺《まひ》させて受け入れやすくするための『優しさ』でしかないのだ。

「…受け入れる、か」

計らずも彼の覚悟のセリフは現実味があった、ということだ。

俺は指を一本彼の口元へ伸ばすと、薄く開いた唇の間に差し入れた。

「な…」

「舐《な》めてくれ」

「…どおして…」

「いいから、奈々蔵に俺を愛撫《あいぶ》して返せと言っても無理だろう。だったら、せめて視覚で俺を煽《あお》ってくれ」

熱い舌はおずおずと俺の指に触れ、爪の先を濡らした。

慣れた相手なら別の場所を差し出すところだ。

閉まらない口元と、揉《も》みしだかれる快感に、唇が怪しく濡れる。

もう彼の腕は両方とも力なくベッドの上に落ち、わずかに手が届く腰の辺りの服を握るばかりだった。

足も自分ではコントロールできないのか、快感の波を伝えるように膝《ひざ》が起き上がったり力を抜いたりして俺の身体に当たった。

もうそろそろいいかも知れない。

俺は黙ったまま彼の唇から指を引き抜くと、彼がその行動の先を読むより早く股間《こかん》に顔をうずめた。

「…あっ！」

脱力していたはずの手が慌てて俺の髪を摑《つか》み、足の方も閉じようと努力する。

だが既に俺の身体は彼の足の間にあったし、奈々蔵は力を込めるということのできない身体になっていた。

「いや…」

すっぽりとそこを口に収め、吸い上げては濡らす。絡める舌先を堅くして先を突ついたり、柔らかくして根元を圧《お》しやったりする度に、彼の声が俺の耳をくすぐった。

「あ…」

奈々蔵の唾液が渇かないうちに、指の方も収まる場所に宛《あ》てがわれる。

「…んっ…」

痙攣《けいれん》する襞《ひだ》を押しやって中に入ると、声は更に大きくなった。

「やめ…」

力が入れば中にある異物を余計に強く感じることになるのに、彼はそれにも気づかない。

中で少しでも動きを見せると、その快感に力が入り、力が入った時の強い圧迫感にまた力が抜ける。

その間合いが余計彼の神経を逆撫《さかな》でしている。

「う…ぅ…」

それでも、まだ今は細い指だけが与える感覚だ。ただ快いものだけだろう。

しかし奈々蔵の痴態が自分をこうして煽り続ける限り、指一本で済むことなどはない。

「やめて…、黒川…サン…」

震える声が制止を求めても、だ。

「さっき自分で言っただろう。『嫌だって言ったからって何かを変えるなら最初っからこんなことしてないクセに』と」

「でも…」

「男の生理がわかってるなら、これでも我慢強いと褒めて欲しいくらいだ」

喋《しゃべ》るために前を自由にはしてやったが、その分後ろの指を蠢かす。身体はしなり言葉が止まって、それが彼にとって快楽であることを教えた。

「やっぱり…」

ひくつく身体が指を締める。

「…最初の印象…通り…」

指をもう一本入れようと彼の言葉を計って入り口に押し当てると、今度はすんなりと呑《の》み込まれた。

「黒川さんって仮面を被った…イヤな奴だ…」

だがそれでもう一杯だ。

「…あ…止め…そ…っ！」

やはり最後は諦めるか、痛みを強いるかと思っていたが、指は彼のイイトコロを見つけたらしい。

軽く指先を折るだけで奈々蔵の身体が過剰なほど反応する。

「ん…ん…っ」

ねっとりと絡み付く肉は口を裏切ってもっとそこを弄《いじ》って欲しいと引き留める。それだけでこっちも煽られた。

「…止めてっ！」

突っ張る腕に押し戻された格好で指を引き抜き、一旦身体を離す。

涙目で俺を見上げる奈々蔵の顔が扇情的に愛《いと》しいから、軽く頭を撫でた。

だが、すまない。

その言葉を聞いてやったわけじゃないんだ。

「結婚の時に、契約としてリングを交わすだろう。好きな人を抱くというのはそれに似てるのかもな。身体に刻印をつけて、『愛してる』という約束を残すんだと思う」

肩で息をしている彼の顔が戸惑いに揺れる。

「だから、堪《こら》えて欲しい」

そしてキスをするように顔を寄せながら、同時に彼の足を持ち上げ、自分の最後の欲望を全うするために自分の身体を寄せた。

手がシャツを引っ張り、足が暴れる。

「黒…っ！」

そして、初めて見せた激しい抵抗をものともせずに、俺は彼の身体に熱を穿《うが》った。

「あぁ…っ」

この快感のために失うものがあったとしても、自分はそれを受け入れられるだろうと思いながら…。


恋愛という言葉を、理解しているかと聞かれたらすぐに『ＹＥＳ』と答えることはできないだろう。

奈々蔵は静かに言った。

けれど答えを迫られたあの瞬間、自分の身体を差し出しても、黒川さんを引き留めたいと思ったのが事実だったから、そうしただけ。

それを『恋』と呼ぶなら、呼んでもいいよ。

自分でそれを何と呼んだらいいのかわからないから、黒川さんが名付けていい。

でも、優しくて、頼れて、自分の側にいてくれる人が欲しくて、それが黒川さんだといいなと思ったのは本当だから。

言う通りだよ。

一人で生きて来て、誰かに頼るのがイヤだった。

渋谷の実家と繫《つな》がりのある人はみんな、いつか父親に言われてよそよそしくなってしまうんじゃないかと思ってた。

…米田《よねだ》の伯父《おじ》さんがそうであったように。

モデルを辞めたのは、父親がそんな仕事をさせるなと伯父さんに言ったからだ。その言葉に伯父さんは優しい言葉で辞めてはどうかと薦めた。

それは、父親に睨《にら》まれたくないという気持ちの表れだ。伯父さんは俺よりも父親を取った。

でもだからと言って全然関係のない人に目を向けられなかった。だって普通の人達にはウチの内情はハード過ぎるでしょう。相談もできやしない。

何でだかわかんないけど、黒川さんはピシッとしてて、大丈夫って思えたんだ。

若い人だし、若林さんみたいにウチの事情を知らずに来た人だっていうのもわかったし。

ブライダルの仕事を始めたのは雪菜《ゆきな》のをやったからだけど、続けたのは自分が手に入れられない『もの』を誰かにあげたかったから。

幸せな姿を見たかった。

自分の代わりに…。

行為を終えて、疲れた身体を休めて、眠りに落ちるまでの短い間に彼はそんなことを言った。

けれど、俺のことを『好き』とも『愛してる』とも言ってくれなかった。

付け込んだ、ということになるのだろうな。

彼が寂しくて仕方のない人間だから、自分を望む程度には好きでいてくれると知っていたから、手を伸ばしてはみたけれど。彼の気持ちは遂に、定まることはなかったのだ。

愛しているから、自分の側にいて。

好きだからどこにも行かないで。

そんな言葉を期待していた。

最後には自分を求めてくれると思っていたのに、彼の唇はそうは動かなかった。

疲労のために深い眠りにある彼の寝顔に、涙が零れそうだった。

自分の卑怯《ひきょう》さに。

彼を大人だと思った。

愛を抱けると思った。

だから寝てしまえば彼の中の曖昧な気持ちもハッキリするだろうと思い込んでいたのだ。

止めることのできなかった欲望のままに抱いて、自分は満足したさ。けれど、彼はまだ定まらない気持ちのまま、ただ心の中に寂しさを残し、選んだフリをして流されたんじゃないだろうか。

セックスを知っているから抵抗がなかっただけで、それは自分の欲しいものを手に入れるための供物《くもつ》にしか過ぎなかったんじゃないだろうか。

俺は愛情のある行為だと思っていたのに。

全ては自分の空回り。

「ごめんよ…」

柔らかい頬《ほほ》に指を滑らせて、ポツリと呟《つぶや》いた。

これからは、ずっと側にいてずっと優しくしてあげよう。

甘やかして、何もかもいうことを聞いてあげよう。

それがせめてもの償いになるだろうから。

そして俺は、短い手紙を残し彼が目覚める前にその部屋を後にした。

『ずっと側にいます。もうその身体に触れることがなくても』と。


翌日、俺は自分の部屋のベッドで一人目を覚ました。

大人だから、平気な顔で会社に行くことができる。

シャワーを浴びて、しっかりと朝食を取り、スーツを着こなして、会社へ向かうことができる。

「おはようございます」

と、全く変化なく笑える。

自分の中にある傷を隠すことができるのが大人なのだから。

「奈々蔵さんは？」

「さあ。容体は良好で、ゆっくり休むだけでいいそうですよ」

「よかった。仕事詰め過ぎだったんですよ」

「ですね。少しゆっくりなさればよろしいんですが」

昨日の今日だし、今頃はまだベッドの中だろう。

自分がしでかしたことに後悔しているかも知れない。優しさを求めてバカなことをした、と。

だが、その考えはどうやら間違っていたようだ。

「あ、奈々蔵さん」

町田さんの声に振り向くと、いつも通りジーンズに長袖のシャツを一枚引っかけただけの奈々蔵がそこに立っていたのだ。

「大丈夫なんですか」

「おはようございます」

そんな言葉に答えもせず、彼はずんずんと近寄って来ると俺の目の前で立ち止まった。

「おはようございます」

一回やったらオシマイだったと思われることだけはしたくないので、できるだけ優しく、にっこりと微笑みながら彼を見る。

けれど彼は少し怒ったような顔で俺を睨むといきなり俺の腕を摑んだ。

「俺が呼ぶまで、今日は誰も上に上がって来ないで。二人でちょっと重要な話があるから」

「奈々蔵さん?」

「呼びにも来ないでよ」

「はい…」

　彼は俺の向きも気にせず強い力で引っ張り続け、階段を上ると、いつもの彼の秘密基地へと連れ込んだ。

　狭い空間。

　ここにいるだけで外に声は漏れないというのに、わざわざ人払いするとは。

　もしかして怒声を浴びるだけじゃなく、殴られるくらいは覚悟した方がいいのかも知れない。

　二人、立ったままで目を合わせる。

「どうかなさったんですか、奈々蔵さん」

　彼はピッと眉を吊《つ》り上げた。

「『さん』？」

　怒ってるな。

「呼び捨てにして、お前呼ばわりまでしたのに、『さん』付け？」

「会社ですから。でも奈々蔵さんがお望みなら呼び捨てにしますよ。あなたの言うことは何でも聞いてあげます」

「それじゃまず話してくださいよ。何であんな手紙を書いていなくなっちゃったのか。俺は目が覚めてから捜したんですよ！」

「すいません」

「すいませんじゃなくて」

「あなたが、何もわからないのをいいことに追い詰めて抱いたことを後悔したからです。気持ちが変わったわけじゃありません」

ちゃんと言わなきゃいけないだろう。

まだ気づいていない奈々蔵が、それで気づいてしまっても。

「奈々蔵さんは俺を愛しているかどうかわからないでしょう？　でも、優しい人が欲しくて、一人になりたくなくて、身体を差し出したんじゃありませんか？」

彼は一言も聞き漏らすまいという顔で俺を見ていた。

「あなたは私を愛していると、まだ言えないでしょう。それがわかっていても、自分を止めることができなかったから昨日は抱いてしまいましたが、愛情がはっきりしないのにそれを交換条件として手を出すのは悪いことだと反省したんです。だが好きだというのは本当だから、ずっと側にはいます」

「確かに…、俺はあなたが言ってるような気持ちかどうかわからないかも知れない。黒川さんは俺が…欲しくて抱きたくて仕方がないってくらい愛してくれてるんでしょう。でも俺はそうじゃないかも知れない」

予想はしていたが、実際この耳で聞くと結構痛いセリフだ。

「でも…」

彼はそこで一旦言葉を切り、舌で乾いた唇を湿らせた。

「…『ビスケット』は、来月一日をもって『アンジュ』の傘下に入ります」

「え？」

奈々蔵が書類で雑多になったデスクの上に腰を下ろす。それで少し低かった彼の顔は同じ目線になった。

「元々ここの金はあそこから出てるようなもんなんだし不思議じゃないでしょう」

「だがあなたは渋谷グループの傘下に入ることを拒んでいたんじゃないですか？　何故《なぜ》いきなりそんな…」

「今朝一番に貢さんに電話を掛けて、あなたを『アンジュ』から買ったんです」

「私を？」

「そうですよ。俺はあなたが欲しいから、他のものを捨てても手に入れたくなったんです」

驚く俺の顔を、彼の手が摑む。

ほんの十センチ先に近づく唇が、強い語調で言葉を続ける。

「俺は確かに何にもわかってません。セックスだって、男だから気持ちはよかったけど…、それが一番かどうかはわからない。でも、俺が何もわからない子供なら、黒川さんが大人になってよ。あなたは立派な大人で、頭のいい悪人なんでしょう。互いの足りない部分を補うのが一緒にいるってことじゃないんですか？　人生を分かち合うって、そういうことでしょう」

声が少し震えている。

「優しい人が欲しいのはそうだけど、今まで一人もそんな人がいなかったわけじゃない。その中で、『黒川さんなら』頼ってもいいと思ったのは、俺が黒川さんを愛してるからだってことにはならないんですか。どんなに大した理由じゃなくても、『黒川さんなら』って考えるのは、あなただけが特別だってことじゃないですか」

けれどそれが彼の精一杯の勇気なのは伝わった。

「俺を、甘やかしてくれるんでしょう」

拗《す》ねた目付きで、既に甘えてるのにそう聞いて来る。

「…ええ」

それを自分と同じではないからと言って信じないでいられるほど、冷静ではない。

「じゃあ俺がわかんなくても我慢してよ」

あんな見切り発車をするほど惚《ほ》れているのだから。

「理由や気持ちはハッキリしなくても、俺はあなたが欲しいんだから」

突き出した唇が泣くのを堪《こら》えているようにも見えた。

「いつまで?」

「ずっと。死が二人を別つまでなんて言わないけど、せめてあなたが俺を嫌いになるまで」

「わかりました。約束します」

「『わかりました』? 『私』で答えられても、信用しませんよ。ちゃんと『俺』で言って」

『愛してる』と言えなかった理由は俺を愛していないからではなく、恋愛というものがまだよくわからないからだと全身で表現する子供。

その精一杯さが嬉しくて、たまらない。

大丈夫、俺は決められた言葉しか聞きとれない人間ではない。『愛してる』でなくても、彼の気持ちは受け取れる。

だから、自分を押さえている彼の手を外して、今度は自分がその顔を取る。

俺の方から、まるで結婚式の誓いのキスのように口づけを贈る。

「約束する。お前が望む限りずっと側にいる。奈々蔵のわからない気持ちは、みんな俺が自分の都合のいいように理屈を付けてやる。俺を悪人でもいいと言うなら」

そしてやっと、彼の方からしっかりと回された腕を感じ微笑んだ。

「そんなの、言ったでしょう。どうせ黒川さんはイヤな奴なんだから」

決められたプランよりオリジナルを選ぶのが自分達のスタイル。

「病める時も、健やかなる時も、奈々蔵を愛し、優しく甘やかすことを誓います」

激しい恋でなくとも、これが二人だけのぬくもりの形ならばいいじゃないか。

「俺も、病める時も、健やかなる時も、黒川さんを頼って、『黒川さんだけ』に甘えることを誓います」

怖々と唇を寄せる恋人がこの腕の中にいるのだから。

あとがき

読者の皆様、初めまして、もしくはお久しぶりです、火崎勇《ひざきゆう》でございます。

この度は『マイフェア・ブライド』をお手に取っていただきありがとうございます。

そして担当のM様、イラストの雁川《かりかわ》様、色々ご迷惑をかけてすいませんでした。

相変わらずトラブルとか多くて予定の立たない人になってしまいました…、ごめんなさい。


さて、この話ですが、何かもう、結婚式のプランニングできるほど一杯調べてみたんですが、いかがでしょうか。

作中で考案したカフェ・ウエディングなんて面白そうですよね。

火崎は、以前友人の結婚式の手伝いをしたのを思い出しました。○藤さん、元気？　花嫁姿、綺麗だったよ。

最初の予定では黒川《くろかわ》はもっと紳士だったんですが、書いてゆくうちにちょっと野性的になってしまいました。

奈々蔵《ななくら》は予定通りかな？　でもちょっと子供ですよね。

この話の後、誰が一番苦労するかというと、渋谷《しぶや》副社長ではないかと思っています。黒川と奈々蔵は何があっても取り敢えずラブ進行形だからいいけれど、突然部下に襲われるわ、義弟ともどもホモになるわ。しかもそれを奥さんには上手くごまかさなきゃならないし。でも実はお姉さんは奈々蔵から報告受けて知ってたりして。しかも応援してたりして。でも渋谷さんは暫《しばら》くそれに気づかない…。

可哀想な人です。

ところで、この原稿を書いている最中にテレビで『○ェディング・プランナー』という映画の予告が始まって、似た話かしらとちょっとヘコみました。でも内容は違うようなのでちょっと安心。

結婚は儀式でもあり、答えでもあり、生活の一部でもあると思います。誰かと一緒にいることを決めたのをみんなに伝える大切なお披露目です。

もしこれから結婚する方がいらっしゃったら、心からの祝福とエールを贈らせていただきます。『お幸せに』。まだまだ縁遠い方は、その幸せを夢見ておきましょう。『やっぱり幸せを目指しましょう』と。

それでは、またいつか会える日を楽しみに。本日はこれにて…。

この本を読んでのご意見、ご感想を編集部までお寄せください。
《あて先》〒105－8055 東京都港区東新橋1－1－16 徳間書店 キャラ編集部気付
「火崎勇先生」「雁川せゆ先生」係

■初出一覧
マイフェア・ブライド……書き下ろし

Chara

マイフェア・ブライド……【キャラ文庫】

2001年8月31日　初刷

著者　火崎　勇

発行者　秋元　一
発行所　株式会社徳間書店
〒105-8055　東京都港区東新橋1-1-16
電話03-3573-0111（大代表）
振替00140-0-44392

印刷・製本　大日本印刷株式会社
カバー・口絵　近代美術株式会社
デザイン　海老原秀幸

ISBN4-19-900196-4

好評発売中

火崎 勇の本

【EASYな微熱】

イラスト◆金ひかる

朝比奈陸《あさひなりく》が欲しい――その思いは、伊佐一音《いさかずね》にとって生まれて初めて抱《いだ》く強烈な欲望だった。大学に入る今まで、望まなくても大抵の物は手に入ったのに、先輩の陸だけは思い通りにならない。そのもどかしさの正体もわからず、ただ陸を抱きたがる伊佐に、陸は条件を出す。陸の趣味の弓で、伊佐が的《まと》の中心を射貫《いぬ》けたら望みを叶えると…。センシティブ・ストーリー。

好評発売中

火崎 勇の本

【三度目のキス】

イラスト◆高久尚子

三度目のキス
YOU HIZAKI PRESE
火崎 勇
昔、好きだった親友が、
〝生まれ変わって〟会いに来た!?

この子が親友の〝生まれ変わり〟!? シナリオライターの太一《たいち》を訪ねてきたのは、見知らぬ少年・麻人《あさと》だった。麻人は自分が、昔死んだ親友・章吾《しょうご》だと言い張る。章吾に幼い好意を抱いていた太一は彼を拒めず、一緒に暮らすことにした。けれど太一は、無邪気になつく麻人の華奢な身体や薄い唇から、次第に目が離せなくなる。子供の頃の純粋な想いは、いつしか大人の欲望に変わり…?

好評発売中

火崎 勇の本
【ムーン・ガーデン】
イラスト◆須賀邦彦

北条《ほうじょう》知也《ともや》は若手の建築プロデューサー。初の大仕事で、ファッション・ビルの建築を手がけることに！　知也が設計を依頼したのは、新進気鋭の建築家・忍足《おしだり》拓馬《たくま》。昔から憧れていた人だったのに、初めて会った忍足は無口で不機嫌。しぶる忍足を説得するため、知也は熱心に足を運ぶようになる。ところがある日、仕事を引き受ける報酬として、忍足にカラダを求められてしまい!?

好評発売中

火崎 勇の本

【グッドラックはいらない!】

イラスト◆果桃なばこ

大手レジャー企業で働く椎野誠《しいのまこと》は、新米秘書として修業中。そんな彼に突然、社長の大路幹《おおじみき》が嵐のプロポーズ!? 鍛えた身体に野性的なマスク、仕事のデキるイイ男がどうして男の俺を? 戸惑う椎野に、大路は毎日強引にアプローチ!! 「どうだ俺を選ばないか」——仕事の合間に冗談のように口説いてくる、だけどその眼差しは真剣で!? アダルト・オフィスLOVE♥